동물농장

Animal Farm

세계문학전집 5

동물농장

Animal Farm

조지 오웰

도정일 옮김

민음사

차례

동물농장 7

동물농장

1

그날 밤, 메너 농장의 존스 씨는 잠자리에 들기 전 닭장 문을 걸어 잠그기까진 했으나 술에 너무 취해 닭장의 작은 구멍을 닫는 일은 잊어버렸다. 그가 갈지자걸음으로 마당을 건너가는 동안 그의 손에 들린 등불의 둥근 불빛도 좌우로 크게 출렁거렸다. 그는 본채 뒷문에서 발꿈치로 차 장화를 벗어버리고 부엌 술통에서 맥주 한 잔을 마지막으로 따라 들이켜고는 침대로 향했다. 침대에는 아내가 벌써 코를 골며 잠들어 있었다.

존스 씨의 침실 불빛이 꺼지기 무섭게 농장의 모든 축사에서는 일제히 부스럭거리는 소리, 날개 퍼덕이는 소리가 나기 시작했다. 지난날 무슨 상인가를 탄 적이 있는 미들화이트종의 늙은 수퇘지 메이저가 전날 밤 이상한 꿈을 꾸었는데, 그가 그 꿈을 농장의 다른 모든 동물 동지들에게 알리고 싶어 한다는 소문이 낮 동안 쫙 퍼졌고 그래서 존스 씨가 완전히 잠드는 밤 시간을 기다렸다가 동물 전원이 농장 큰 헛간에 모이기로 되어 있었다. 늙은 수퇘지 메이저가 품평회 같은 데 나갈 때 붙는 공식 명칭은 윌링던 뷰티였으나 동물들은 그를 '메이저'라 불렀다. 농장 동물들은 그를 퍽 존경하고 있던 터라 그의 얘기를 듣기 위해서라면 모두 한 시간의 잠쯤은 희생할 용의가 있었다.

널따란 헛간 한쪽에는 대들보에 매달린 등불 밑으로 제법 높지막하게 연단 비슷한 것이 만들어져 있었고 늙은 메이저가 거기 벌써 짚단을 깔고 편안히 좌정해 있었다. 그는 열두 살로, 최근 몸이 좀 붇고 이빨은 한 번도 자른 적이 없지만 여전히 현명하고 자애롭고 위엄이 넘쳐 보였다. 헛간에는 금세 농장 동물들이 하나둘 모여들어 제각각 자기 방식대로 자리를 잡고 앉았다. 맨 먼저 도착한 것은 블루벨, 제시, 핀처라는 이름의 세 마리 개들이었다. 이어 돼지들이 들어와 연단 바로 앞의 짚단 위에 자리 잡았다. 암탉들은 창턱에 올라앉고 비둘기들은 서까래로 올라가고 양과 암소 들은 돼지들 뒤쪽에 앉아 벌써 새김질을 시작한 참이었다. 짐수레 끄는 말 복서와 클로버가 나란히 도착해서는 짚 더미 밑에 혹시 다른 몸집 작은 동물들이 숨어 있다가 발굽에 밟힐세라 조심조심 털투성이 발굽을 떼며 천천히 걸어 들어왔다. 클로버는 이미 중년을 바라보는 뚱뚱한 어미 말이었는데 네 번째 새끼를 낳은 뒤로는 영 예전의 모습을 되찾지 못하고 있었다. 복서로 말하면 몸집이 어마어마하게 큰 짐승으로 키가 거의 열여덟 뼘이나 되고 보통 말 두 마리를 합쳐 놓은 것처럼 힘이 셌다. 그가 좀 멍청해 보이는 것은 코 밑의 흰 줄 때문이었다. 사실 그는 머리가 일급으로 좋은 편은 아니었지만 심지가 꿋꿋하고 일할 때는 무서운 힘을 발휘했기 때문에 농장 동물들에게 널리 존경받고 있었다. 그들에 이어 당도한 것은 흰 염소 뮤리얼과 당나귀 벤저민이었다. 당나귀 벤저민은 농장에서 나이가 가장 많고 성질도 제일 고약했다. 그는 좀체 입을 떼는 일이 없었지만 뗐다 하면 시큼씁쓸한 논평을 내뱉기 일쑤였다. 이를테면 하느님이 파리를 쫓으라고 그에게 꼬리를 달아 준 모양이지만 자기로서 차라리 파리도 없고 꼬리도 없었으면 좋겠다는 식이었다. 농장 동물들 중 유일하게 절대로 웃지 않는 것도 벤저민이었다. 왜 웃지 않느냐 물으면 웃을 만한 일이 없다는 것이 대답이었다. 그러나 내놓고 인정한 적은 없지만 그는 내심 복서를 존경하고 있었다. 일요일이면 그들 둘은 과수원 너머 작은 목장에서 말없이 나란히 풀을 뜯곤 했다.

복서와 클로버가 자리를 잡고 앉자 이번에는 어미 잃은 새끼 오리 한 떼가 헛간으로 몰려들어 밟히지 않을 자리를 찾느라 이리저리 삐악거리며 돌아다녔다. 클로버가 커다란 앞발로 울타리를 만들어 주자 새끼 오리들은 그 안에 들어가 금세 잠이 들었다. 마지막 순간에 도착한 것은 존스 씨의 경마차(輕馬車)를 끄는, 아리땁지만 머리는 텅 빈 흰색 암말 몰리였다. 몰리는 각설탕 덩어리를 씹으며 아주 우아한 맵시로 걸어 들어왔다. 그녀는 앞쪽 연단 가까운 곳에 자리를 잡고 앉아 흰 갈기를 펄럭이기 시작했다. 그 갈기에 달린 빨간 댕기를 자랑하고 싶어서였다. 맨 마지막 참석자는 고양이였다. 그녀는 늘 그러듯 제일 따스한 자리가 어딜까 두리번거리다 복서와 클로버 사이로 비집고 들어갔다. 거기서 그녀는 메이저의 연설이 끝날 때까지 한마디도 듣지 않고 혼자 꼬르륵거렸다.

길든 큰까마귀 모지스만 빼고 농장의 동물 모두가 참석했다. 큰까마귀 모지스는 존스 씨의 본채 뒷문 횃대에서 자고 있었다. 동물들이 모두 편히 좌정하고 연설을 들을 준비가 된 것을 보자 메이저는 목청을 다듬어 말하기 시작했다.

"동무들, 여러분은 모두 내가 지난밤에 꾼 이상한 꿈 소문을 들었을 겁니다. 하나 꿈 얘기는 좀 이따 하기로 하고, 우선 다른 얘기부터 좀 할까 하오. 동무들, 내가 여러분과 함께 지낼 날은 앞으로 얼마 남지 않았소. 나는 내가 한평생 터득한 지혜를 죽기 전에 여러 동무들에게 전해 주는 것이 내 의무라 생각하오. 나는 오래 살았고 돼지우리에 혼자 누워 오랜 시간 생각도 많이 해 보았소. 나는 지금 생존해 있는 어느 누구 못지않게 우리 동물들의 삶이 어떤 것인지 잘 알고 있다고 생각하오. 내가 오늘 여러 동무들에게 말하고 싶은 것도 바로 그것이오.

자, 동무들, 동물들의 삶이 어떻습니까? 우리 똑바로 봅시다. 우리의 삶은 비참하고 고달프고 짧소. 우리는 태어나 몸뚱이에 숨이 떨어지지 않을 정도의 먹이만을 얻어먹고, 숨 쉴 수 있는 자들은 마지막 힘이 붙어 있는 순간까지 일을 해야 하오. 그러다가 이제 아무 쓸모도 없다고 여겨지면 그날로 우리는 아주 참혹하게 도살당합니다. 영국의 모든 동물들은 한 살 이후로는 행복이니 여가니 하는 것의 의미를 알지 못합니다. 영국의 어느 동물도 자유롭지 못합니다. 비참과 노예 상태, 그게 우리 동물의 삶입니다. 이건 아주 명백한 진실이오.

하지만 그게 자연 질서일까요? 우리가 사는 이 영국 땅이 너무 가난해서 거기 사는 것들에게 품위 있는 삶을 허락하지 않기 때문일까요? 동무들, 그게 아닙니다. 천만에, 결코 그게 아니죠! 영국은 땅이 기름지고 기후도 좋아서 지금보다 훨씬 더 많은 수의 동물들이 있다 해도 그들에게 먹을 것을 충분히 제공할 수 있습니다. 우리가 살고 있는 이 메너 농장만 해도 말 열두 마리, 암소 스무 마리, 양 수백 마리에게 상상 이상의 안락하고 품위 있는 삶을 보장해 줄 수 있습니다. 그런데 우리는 왜 계속 이 비참한 조건 속에서 살아야 하는 겁니까? 이유는 간단합니다. 우리가 노동해서 생산한 것을 인간들이 몽땅 도둑질해 가기 때문입니다. 동무들, 우리 문제에 대한 해답은 바로 거기 있소. 한마디로 문제의 핵심은 '인간'이오. 인간은 우리의 진정한 적이자 유일한 적입니다. 인간을 몰아내기만 하면 우리의 굶주림과 고된 노동의 근본 원인은 영원히 제거될 것이오.

인간은 생산하지 않으면서 소비하는 유일한 동물입니다. 그는 젖을 생산하지도 않고 달걀을 낳지도 않으며 힘이 부쳐 쟁기도 끌지 못하고 토끼를 잡을 만큼 빨리 뛰지도 못합니다. 그러면서 그는 모든 동물의 주인입니다. 그는 동물들을 부려 먹고는 굶어 죽지 않을 만큼의 먹이만 주고 나머지는 모두 자기가 챙깁니다. 우리의 노동이 땅을 갈고 우리의 배설물이 그 땅을 기름지게 하지만 우리는 몸뚱이 하나 말고는 아무것도 가진 게 없어요. 지금 내 앞에 앉아 있는 암소 동무 여러분, 지난해 여러분이 짜낸 우유가 도대체 몇천 리터요? 그런데 여러분의 그 우유, 새끼들을 튼튼히 기르는 데 쓰였어야 할 그 우유가 모두 어찌 되었소? 그 우유는 고스란히 우리 적들의 목구멍으로 넘어갔습니다. 암탉 여러분, 지난 한 해 여러분은 수없이 많은 알을 낳았지만 그중 병아리로 부화한 알이 몇 개나 되오? 나머지 알들은 모두 시장에 내다 팔려 존스와 그 수하 일꾼들의 돈주머니를 불려 주었소. 그리고 클로버 동무, 당신이 낳은 새끼 네 마리는 지금 어디 있소? 늘그막에 당신을 부양하고 당신의 기쁨이 되어야 할 그 새끼들 말입니다. 당신의 새끼들은 한 살에 팔려 갔고, 당신은 그들을 다시는 만날 수 없소. 네 번의 해산과 고된 노동의 대가로 당신이 얻은 게 뭐요? 하루 몇 끼 쥐뿔만큼의 먹이와 마구간 말고 지금 당신이 가진 게 뭐요?

게다가 우리는 그 비참한 일생조차도 자연 수명대로 누릴 수 없게 되어 있소. 나 자신으로 말하면 운이 좋았던 편이라 별로 투덜댈 생각은 없소. 나는 십이 년이나 살았고 내가 퍼뜨린 자손만도 400마리가 넘소. 그게 돼지의 자연스러운 일생입니다. 하나 어느 동물도 끝에 가서는 무지막지한 칼날을 피할 수 없소. 지금 내 앞에 앉아 있는 젊은 식용 돼지 제군, 그대들은 일 년 안에 도살장에 끌려가 울부짖으며 숨줄이 끊기게 될 것이오. 우리 동물들은 아무도 그 끔찍한 최후를 피할 수 없소. 암소, 돼지, 암탉, 양, 모두가 그렇소. 말과 개 들이라 해서 팔자가 더 낫다고 할 순 없소. 거기 앉은 복서 동무, 당신의 그 우람한 근육에서 힘이 빠지는 날 존스는 당신을 폐마 도축업자에게 팔아넘길 것이고 업자는 당신의 목을 따고 절절 끓는 물에 삶아 여우 사냥개용 먹이를 만들 거요. 개들은 나이 들고 이빨이 빠지면 존스가 목에 벽돌장을 달아 근처 연못에 빠뜨릴 것이오.

그러므로 동무 여러분, 우리 삶의 이 모든 불행이 인간의 횡포 때문이라는 게 너무도 명백하지 않소? 인간을 제거하기만 하면 우리의 노동 생산물은 모두 우리 것이 됩니다. 하룻밤 사이에 우리는 부자가 되고 자유로워집니다. 그렇다면 우리가 할 일이 무엇입니까? 우리는 온 신명을 바쳐 인간이라는 종자를 뒤집어엎는 일에 나서야 합니다. 동무들, 이것이 내가 여러분에게 주는 메시지요. 반란을 일으키라, 반란을! 물론 그 반란이 언제 일어날지 나로선 알 수 없소. 일주일 후일 수도 있고 백 년 후일 수도 있소. 하지만 머잖아 정의의 날이 올 것이라는 사실만은 지금 내가 발밑의 지푸라기를 보듯 확실한 일이오. 동무들, 여러분의 남은 생 동안 그 목표에서 눈을 떼지 마시오! 무엇보다도 나의 이 메시지를 다음 세대에 전해 주어 미래의 모든 세대가 승리의 날까지 투쟁을 계속할 수 있게 하시오.

그리고 동무들, 여러분의 결의가 결코 흔들려서는 안 된다는 걸 기억하시오. 헛된 얘기에 솔깃해서 길을 잃고 헤매면 안 됩니다. 인간과 동물은 공동의 이해관계를 갖고 있다, 한쪽의 번영이 곧 다른 쪽의 번영이기도 하다 따위의 말을 인간들이 하더라도 그 말을 믿지 마시오. 그건 모두 거짓말이오. 인간은 인간 말고는 그 어떤 동물의 이익에도 봉사하지 않습니다. 그러므로 우리 동물들에게는 완벽한 단결과 투쟁을 통한 완벽한 동지애가 필요하오. 모든 인간은 우리의 적이며 모든 동물은 우리의 동지입니다."

연설이 이 대목에 이르자 우레 같은 함성이 일었다. 메이저가 연설하는 동안 커다란 쥐 네 마리가 구멍에서 기어 나와 엉덩이를 깔고 앉은 자세로 연설을 듣고 있다가 거기 와 있던 개들의 눈에 띄었다. 재빨리 구멍 속으로 도망쳐 들어가지 않았더라면 쥐들은 목숨을 부지하기 어려웠을 것이다. 메이저는 앞발을 들어 좌중을 진정시켰다.

"동무들, 결정해야 할 문제가 하나 생겼소. 쥐, 산토끼 같은 동물은 우리의 동지입니까, 적입니까? 우리 이 문제를 투표에 부칩시다. 오늘 모임에 이 문제를 상정하겠소. 쥐는 우리의 친구입니까?"

당장 투표가 실시되었고 압도적 다수가 쥐도 친구라는 쪽으로 쏠렸다. 반대표는 넷뿐이었는데 그 네 표는 개 세 마리와 고양이가 던진 것이었다. 고양이는 양쪽 모두에 투표했음이 나중에 발각되었다. 메이저는 말을 계속했다.

"이제 별로 더 할 얘기가 없소. 다시 한번 말하지만 인간과 인간의 방식에 대한 여러분의 적개심을 버리지 마시오. 두 발로 걷는 것은 모두 우리의 적입니다. 네 발로 걷거나 날개를 가진 것은 모두 우리의 친구입니다. 인간에 맞서 싸울 때 우리 동물들이 결코 인간을 닮아서는 안 된다는 점도 기억하시오. 여러분이 그를 정복하더라도 절대로 그의 악한 짓거리들을 모방해선 안 됩니다. 동물은 어느 누구도 집 안에 살아선 안 되며 침대에서 자도 안 되고 옷을 입거나 술 마시고 담배 피우고 돈을 만져서도 안 됩니다. 장사에 손대서도 안 돼요. 인간의 모든 습관은 사악합니다. 무엇보다 동물은 동족을 폭압해서는 안 됩니다. 힘이 세건 약하건, 똑똑하건 똑똑지 않건 간에 우리는 모두 형제입니다. 동물은 어느 누구도 다른 동물을 죽여선 안 됩니다. 모든 동물은 평등합니다.

자, 이제 동무들, 지금부터 어젯밤의 내 꿈 얘기를 하겠소. 그 꿈을 여러분에게 자세히 들려줄 순 없소. 그건 인간이 사라진 다음의 이 지상에 대한 꿈이었소. 그런데 그 꿈은 내가 오랫동안 잊고 있던 어떤 것을 다시 기억나게 했습니다. 오래 전 내가 아직 새끼 돼지였을 적에 내 어머니와 동네 암퇘지들은 오래된 노래 한 곡을 부르곤 했는데 그들이 아는 건 곡조와 가사의 첫 세 마디 말뿐이었소. 나도 어릴 때 그 곡을 알고 있었지만 그 후 기억에서 사라지고 말았소. 그런데 어젯밤 꿈에서 그 가락이 되돌아온 것이오. 그뿐이 아닙니다. 잊혔던 가사가 꿈에서 다시 생각난 겁니다. 그래요. 그 옛날 동물들이 불렀던 노래의 바로 그 가사, 그 후 여러 세대가 잊어버렸던 그 가사가 말입니다. 동무들, 지금 그 노래를 여러분에게 들려주겠소. 난 이제 늙어서 목소리가 쉬었지만 여러분에게 가락을 가르치면 다들 잘 부를 수 있을 거요. 「영국의 짐승들」이라는 제목의 노래요."

　메이저는 목청을 가다듬고 노래하기 시작했다. 자기 말대로 목소리는 쉬었지만 노래는 충분히 훌륭했다. 가슴을 흔드는 가락이 어쩌면 「클레멘타인」과 「라 쿠카라차」의 중간쯤 되는 노래 같았다. 가사는 이러했다.

　　영국의 짐승들이여, 아일랜드의 짐승들이여,
　　온 세계 방방곡곡의 짐승들이여,
　　내 기쁜 소식에 귀 기울이라
　　황금빛 미래를 알리는 이 기쁜 소식에.

　　곧 그날이 오리,
　　독재자 인간이 쫓겨나고
　　영국의 기름진 들판이
　　짐승들의 것으로 돌아오는 그날이.

　　우리의 코에서 코뚜레가 사라지고
　　우리의 등짝에서 멍에가 사라지고
　　재갈과 박차는 영원히 녹슬고
　　잔혹한 회초리도 없어지리라.

　　상상조차 못 할 부유함
　　밀과 보리, 귀리와 건초,
　　클로버와 콩과 사탕무가

모두 우리 것이네, 그날이 오면.

영국의 들판들은 밝게 빛나고
강과 시내는 더 맑아지고
바람은 달콤하게 불어오리라
우리가 해방되는 바로 그날에.

그날을 위해 우리 일하세,
그날이 오기 전에 우리 죽을지라도
암소와 말, 거위와 칠면조,
모두 자유를 위해 일해야 하네.

영국의 짐승들이여, 아일랜드의 짐승들이여,
세계 방방곡곡의 짐승들이여,
내 말을 들으라, 그리고 전파하라,
미래에 올 그 황금의 날 소식을.

　늙은 메이저의 노래에 동물들은 흥분했다. 메이저가 노래
를 끝내기도 전에 벌써 동물들은 노래를 따라 부르고 있었다.
동물들 중 가장 머리 나쁜 축들도 이미 곡조를 익히고 몇 마
디 가사까지 읊조렸다. 돼지와 개 들처럼 머리 좋은 동물들은
몇 분 안 되어 가사를 몽땅 외웠다. 그러고 나서 두세 번 연습
이 끝나자 온 농장이 「영국의 짐승들」을 우렁차게 합창했다.
암소들은 음매 음매, 개들은 낑낑, 양들은 매애 매애, 말들은

힝힝, 새끼 오리들은 꽥꽥거리며 노래했다. 모두 노래에 너무 흥이 나서 다섯 번을 연거푸 합창했고 도중에 방해만 없었더라면 노래는 밤새 계속됐을 것이다.

불행히도 왁자지껄한 함성에 잠이 깬 존스 씨가 후다닥 침대에서 일어난 것이다. 그는 농장에 여우가 침입했다고 단정하고 침실 한구석에 늘 세워 두는 총을 집어 들어 어둠 속으로 총알을 발사했다. 산탄 총알들이 헛간 벽에 날아가 박혔고 동물들의 모임은 부랴부랴 끝이 났다. 모두가 서둘러 잠자리에 들었다. 날짐승들은 홰대로 껑충 올라앉고 그 밖의 동물들은 짚단 위로 몸을 뉘었다. 온 농장은 순식간에 잠이 들었다.

2

사흘 후, 늙은 메이저는 잠결에 고이 숨을 거두었다. 그의 시체는 과수원 아래쪽에 묻혔다.

이른 3월의 일이었다. 그 이후 석 달 동안 농장에서는 대단한 비밀 활동이 전개되었다. 메이저의 연설 덕택에 농장의 머리깨나 쓴다는 동물들은 삶에 대해 전적으로 새로운 생각을 갖게 되었다. 그들로서는 메이저가 예언한 반란이 언제 일어날지 알 수 없었고 그들 살아생전에 그런 일이 있을 것이라고 믿을 근거도 없었지만 그래도 그 반란을 준비하는 것이 자기네 의무라는 걸 분명히 깨닫고 있었다. 동물 중에서 돼지가 제일 똑똑하다는 건 다들 인정하는 일이었기 때문에 동물들을 가르치고 조직하는 일은 자연스레 돼지들의 몫이 되었다. 농장

돼지들 중 단연 뛰어난 지도자는, 주인 존스 씨가 나중에 팔아먹을 셈으로 길러 온 두 마리 젊은 수돼지 스노볼과 나폴레옹이었다. 나폴레옹은 몸집이 크고 표정이 다소 사나워 보이는 버크셔종 수돼지로(그는 농장의 유일한 버크셔종 수돼지였다.) 말솜씨가 좋은 편은 아니었지만 고집이 세고 매사 자기 뜻을 관철한다는 평판이 나 있었다. 스노볼은 나폴레옹에 비하면 훨씬 쾌활하고 말 잘하고 여러 가지 재주도 더 뛰어난 편이었지만 나폴레옹만큼 심지가 깊지는 않다고 알려져 있었다. 농장의 나머지 돼지들은 모두 식용 돼지들이었다. 그중에서도 가장 유명한 것은 스퀼러라는 통통하고 몸집이 작은 돼지였다. 그는 동그란 뺨, 반짝이는 눈, 잽싼 동작, 쇳소리 나는 음성을 갖고 있었다. 그는 언변이 뛰어나고, 뭔가 어려운 문제를 논할 때에는 이리저리 오가며 꼬리를 탈탈 터는 버릇이 있었는데 그게 여간 설득력 있는 제스처가 아니었다. 스퀼러의 언변에 걸리면 검정도 하양이 된다고 동물들은 말했다.

메이저의 가르침을 완벽한 사상 체계로 발전시킨 것은 이들 세 마리 돼지들이었다. 그들은 그 사상 체계에 '동물주의'라는 이름을 붙였다. 일주일에도 며칠씩 그들은 헛간에서 비밀 야간 회합을 갖고 동물주의의 원리들을 다른 동물들에게 설명해 주었다. 처음 얼마간은 동물들 사이에 우둔한 발언과 시큰둥한 반응도 없지 않았다. 어떤 동물들은 존스 씨를 '주인님'이라 호칭하면서 그에 대한 충성의 의무를 논하기도 했고 "존스 씨가 우릴 먹여 살리잖아. 그가 없으면 우린 굶어 죽게 될 거야." 같은 초보적인 발언도 했다. 또 어떤 동물들은

"우리가 죽은 뒤의 일에 노심초사할 게 뭐야?"라거나 "그 반란이 이왕 일어나기로 되어 있다면 우리가 준비하건 준비하지 않건 무슨 차이가 있어?" 같은 질문도 내놓았다. 돼지들은 그런 발언이 모두 동물주의 정신에 어긋난다는 것을 알아듣게 설명하느라 한참 애를 먹었다. 제일 우둔한 질문을 내놓은 건 흰 암말 몰리였다. 그녀가 스노볼에게 던진 첫 번째 질문은 "반란 이후에도 설탕이 있을까요?"라는 것이었다.

몰리의 질문에 스노볼은 "아뇨."라고 단호하게 대답했다. "이 농장에선 설탕을 만들 방법이 없소. 게다가 당신한테 꼭 설탕이 필요한 것도 아니잖소? 귀리와 건초는 당신이 먹고 싶은 대로 얼마든지 먹게 될 거요."

몰리가 또 물었다. "그때 가서도 내가 갈기에 댕기를 매고 다닐 수 있을까요?"

"동무, 당신이 그토록 애지중지하는 댕기라는 건 바로 노예의 표시요. 댕기보다 자유가 더 값지다는 걸 모른단 말이오?"

몰리는 그 말에 동의했지만 내심 아주 완전히 납득한 눈치는 아니었다.

돼지들은 길든 큰까마귀 모지스가 퍼뜨리고 다니는 거짓말에 대응하느라 더 힘든 싸움을 벌여야 했다. 존스 씨가 특별히 아끼는 큰까마귀 모지스는 스파이에다 고자질쟁이였지만 동시에 영리한 이야기꾼이기도 했다. 그는 '슈거캔디산'이라는 신비한 하늘나라가 있다는 걸 자기는 안다, 동물들은 죽으면 모두 그 나라로 간다고 주장하고 다녔다. 그의 말인즉 그 슈거캔디산은 구름 너머 하늘 어디엔가 있는데 그 나라에서는 일주일 일곱 날이 모두 일요일이고 일 년 내내 클로버가 자라고 각설탕이며 아마(亞麻)씨케이크가 산울타리에서 자란다는 것이었다. 떠들고만 다녔지 일은 하지 않는 모지스를 동물들은 미워했지만 몇몇은 슈거캔디산이라는 나라의 존재를 믿었다. 돼지들은 그런 곳이 있을 턱이 없다며 동물들을 설득하느라 땀깨나 흘려야 했다.

돼지들의 가장 충실한 제자는 짐수레 끄는 말 복서와 클로버였다. 그들은 자기네 머리로는 뭐 신통한 생각을 짜낼 재간이 없었지만 일단 돼지들을 스승으로 모신 이상 스승들이 하는 말은 빠짐없이 받아들여 자기네 방식의 단순 어법으로 다른 동물들에게 전파했다. 그들은 헛간 비밀 회합에 꼬박꼬박 참석해서 「영국의 짐승들」 노래를 선도했다. 비밀 회합은 언제나 그 노래를 부르는 것으로 끝나곤 했다.

그런데 일이 어찌 되었는고 하니, 메이저가 예언한 '반란'이 생각보다 훨씬 빨리, 그리고 예상 밖으로 아주 싱겁게 성공을 거두었다. 과거의 존스 씨는 비록 모진 주인이긴 했어도 유능한 농사꾼이었는데 그에게 근래 재수 없는 일들이 닥치고 있었다. 그는 무슨 소송을 냈다가 지는 바람에 돈을 날리고 잔뜩 울적해져서 몸 생각은 하지 않고 매일 술타령이었다. 몇 날 며칠이고 그는 부엌의 윈저 의자에 앉아 빈둥빈둥 신문이나 보며 술을 마시다가 이따금 맥주에 적신 빵조각을 큰까마귀 모지스에게 먹이곤 했다. 일꾼들은 게으름 피우며 주인을 속이고 밭에는 잡초가 무성하고 축사 지붕은 헐고 울타리는 아무도 손보지 않고 동물들에게는 먹을 것이 제대로 돌아가지 않았다.

　6월이 오고 건초용 꼴을 벨 시기가 왔다. 토요일인 미드서머 데이[1] 이브에 존스 씨는 윌링던에 갔다가 술집 레드 라이언에서 곤드레로 취해 일요일인 다음 날 한낮까지도 농장으로 돌아오지 않았다. 일꾼들은 아침 일찍 암소 젖을 짠 다음 동물들에게 먹이도 주지 않은 채 토끼 사냥을 나가 버렸다. 존스 씨가 돌아오긴 했지만 그는 오자마자 곧바로 응접실 소파에 벌렁 드러누워 《세계의 뉴스》 신문을 얼굴에 덮고 잠이 들었다. 그때까지 동물들은 아무것도 먹지 못한 상태였다. 동물들은 더 참을 수가 없었다. 암소 한 마리가 곳간 문을 뿔로 받아 박살 내고 다른 동물들도 일제히 광에 들어가 주린 배를 채우기 시작했다. 그때서야 존스 씨는 잠이 깼다. 존스 씨와 일꾼 넷이 손에 회초리를 들고 곳간으로 달려가 닥치는 대로 회초리를 휘둘렀다. 잔뜩 굶주렸던 동물들로선 견딜 수 없는 일이었다. 미리 짜 둔 각본이 있었던 것도 아닌데 동물들은 그들을 괴롭히는 고문자들을 향해 일제히 달려들었다. 존스와 일꾼들은 사방에서 뿔에 받히고 발에 걸어차였다. 사태는 걷잡을 수 없었다. 그들은 동물들이 그런 식으로 행동하는 걸 일찍이 본 적이 없었고 그동안 자기네 마음대로 매질하고 학대해 온 짐승들의 난데없는 봉기에 파랗게 질려 거의 혼비백산이었다. 그들은 이리저리 몸을 막아 보려다가 그것도 잠시, 마침내 모든 걸 포기하고 줄행랑을 놓았다. 그들 다섯 인간은

---

1) 6월 24일이다.

큰길로 이어지는 마찻길을 따라 전속력으로 도망쳤고 의기양양한 동물들이 그 뒤를 쫓았다.

존스 부인은 침실 창문으로 바깥 사태를 보고 있다가 허겁지겁 융단 가방에 몇 가지 소지품을 챙겨서는 딴 길로 해서 농장을 빠져나갔다. 큰까마귀 모지스는 횃대를 차고 일어나 큰 소리로 깍깍 울며 존스 부인을 따라 퍼덕퍼덕 날아갔다. 그사이 동물들은 존스와 일꾼들을 큰길까지 내쫓은 다음 농장으로 돌아와 빗장이 다섯 개나 되는 농장 문을 꽝 닫아 걸었다. 그렇게 해서 뭐가 어떻게 된 건지 동물들 자신도 미처 깨닫지 못하는 사이에 반란은 성공을 거두었다. 존스는 쫓겨나고 메너 농장은 동물들의 차지가 되었다.

한동안 동물들은 자기들의 행운을 믿을 수 없었다. 그들이 맨 먼저 한 것은 농장 어딘가에 아직도 인간 종자가 숨어 있는지 확인이라도 하듯 경계선을 따라 농장을 한 바퀴 구보로 뛰는 일이었다. 그런 다음 그들은 농장 축사로 돌아와 존스 시대의 가증스러운 통치의 흔적들을 남김없이 제거했다. 마구간 한쪽 끝에 각종 멍에와 마구(馬具)를 넣어 둔 방이 있었는데 동물들은 그 방을 부수고 들어가 재갈, 코뚜레, 개 사슬, 존스가 돼지와 양 들을 거세할 때 쓰던 끔찍한 칼 등등의 도구들을 꺼내다가 우물에 던져 넣었다. 고삐, 굴레, 가죽 눈가리개, 코 밑에 매다는 창피스러운 꼴 주머니 등속은 모두 마당에 지핀 쓰레기 불 속으로 들어갔다. 채찍도 마찬가지였다. 채찍이란 채찍이 모두 불길에 휩싸이는 것을 보자 동물들은 크게 기뻐했다. 스노볼은 장날 같은 때 말갈기와 꼬리 치장용으로 쓰이던 댕기들도 모조리 불에 던져 넣었다.

"댕기는 옷의 일종으로 간주되어야 하며 인간의 표식이다. 모든 동물은 알몸으로 다녀야 한다." 스노볼의 말이었다.

복서가 이 말을 듣고는 여름날 귀에 엉겨 붙는 파리 떼를 막느라 그가 사용하던 조그만 짚모자를 가져와 쓰레기 불에 처넣었다.

삽시간에 동물들이 존스 씨를 생각나게 하는 것들을 하나도 남기지 않고 모조리 파괴했다. 그런 다음 지도자 나폴레옹은 동물들을 곳간으로 데리고 가 평소 두 배 분량의 옥수수 먹이를 나눠 주고 개들에게는 먹이 비스킷 두 개씩을 주었다. 이어 그들은 「영국의 짐승들」을 처음부터 끝까지 일곱 번 연창했다. 그러는 사이에 밤이 오고 동물들은 각자 자기 처소로 돌아가 잠자리에 들었다. 지금까지 한 번도 경험해 보지 못한 편안한 잠이었다.

새벽이 되자 동물들은 다른 때와 마찬가지로 잠이 깼다. 그들은 전날 있었던 영광스러운 일을 문득 기억해 내고는 모두 한달음에 목초지로 달려 나갔다. 목초지 조금 아래쪽에는 농장 전체를 내려다볼 수 있는 조그만 둔덕이 하나 있었다. 동물들은 그 둔덕 위로 달려 올라가 맑은 아침 햇살 속에서 사방을 휘휘 둘러보았다. 그랬다. 모두가 그들의 것이었다. 눈에 들어오는 것은 모두 그들의 것이었다. 그 생각을 하자 동물들은 신명이 나서 깡충대기도 하고 흥분을 참지 못해 허공으로 뛰어오르기도 했다. 그들은 이슬에 몸을 굴리고 여름날 아침의 달콤한 풀을 한 입씩 뜯기도 하고 검은 흙더미를 차올려 보거나 물씬한 흙 냄새를 맡아 보기도 했다. 동물들은 다시 농장으로 돌아가 마치 지금까지 한 번도 보지 못하던 것을 대하기라도 하듯 소리 없이 감탄하면서 경작지, 건초용 풀밭, 과수원, 물웅덩이, 덤불 등 농장 전체를 시찰했다. 그들은 농장의 그 모든 것들이 이제 자기네 것이라는 사실이 도무지 믿기지 않았다.

이어 그들은 농장 건물들 쪽으로 발을 옮겼다. 존스 부부가 살던 본채 건물의 문 앞에 이르자 동물들은 잠자코 발길을 멈추었다. 그 농가도 이젠 그들의 것이었다. 그러나 그들은 선뜻 집 안으로 들어서기가 두려웠다. 하지만 잠시 후 스노볼과 나폴레옹이 어깨로 문을 밀어젖혔고 동물들은 한 줄로 서서 안으로 들어갔다. 그들은 집 안 물건들을 다치지 않게 조심하면서 발끝으로 걸어 이 방 저 방을 구경했다. 말소리 내기도 겁나 그들은 소곤소곤 귀엣말로 속삭이며 깃털 매트리스를 깐 침대, 거울 유리, 말총 소파, 브뤼셀 융단, 응접실 맨틀피스 위의 빅토리아 여왕 석판 인쇄 초상화 등 믿을 수 없을 만큼 사치스러운 집 안 내부를 놀란 눈으로 둘러보았다. 계단을 내려오는데 흰 암말 몰리가 보이지 않았다. 돌아가 보니 몰리는 집 안의 제일 좋은 침실에서 아직 어정대며 존스 부인의 화장대에서 푸른색 리본 하나를 꺼내 어깨에 대 보고는 거울에 비친 제 모습에 바보처럼 경탄하고 있었다. 다른 동물들이 그러는 그녀를 호되게 질책한 다음 모두 밖으로 나왔다. 그들은 부엌에 매달린 돼지고기 햄을 꺼내다 땅에 묻어 주고 식기대 위의 맥주통은 복서가 발굽으로 차 박살을 냈다. 그 밖의 집 안 물건들은 고스란히 그대로 두었다. 동물들은 즉석에서 장차 본 채 건물을 박물관으로 보존한다는 결의를 만장일치로 통과시켰다. 동물은 어느 누구도 그 안에 들어가 살아선 안 된다는 합의도 이루어졌다.

아침을 먹고 나자 스노볼과 나폴레옹이 다시 동물들을 소집했다.

스노볼이 말했다. "동무들, 지금은 6시 30분, 아직도 온 하루가 남았소. 오늘 건초 수확을 시작합시다. 그러나 그 전에 해야 할 일이 하나 있소."

돼지들이 밝힌 바에 의하면, 지난 석 달 동안 돼지들은 존스네 아이들이 쓰다가 버린 헌 철자법 책을 쓰레기 더미에서 주워다가 문자를 읽고 쓰는 법을 자습으로 익혔다는 것이다. 나폴레옹은 흰색과 검은색 페인트 통을 가져오게 해서는 일행을 데리고 큰길 쪽을 향해 있는 빗장 다섯 개로 된 농장 정문으로 내려갔다. 스노볼(글씨는 그가 으뜸이었다.)이 돼지 발굽의 두 관절 사이에 붓을 끼고 정문 맨 꼭대기 빗장에 쓰인 '메너 농장'이라는 글자를 지운 다음 '동물농장'이라고 고쳐 써넣었다. 이제부턴 그게 농장의 새 이름이었다. 동물들이 다시 농장 축사에 이르자 스노볼과 나폴레옹이 사다리를 가져오라 해서 헛간 한쪽 벽 끝에 세웠다. 그들은 지난 석 달 동안 돼지들이 열심히 공부한 끝에 동물주의 원리들을 '일곱 계명'으로 줄일 수 있게 되었노라 설명했다. 그 일곱 계명을 지금 헛간 벽에 써 놓기로 한다, 그 계명들은 이 순간부터 동물농장의 모든 동물들이 준수해야 할 불가변의 법률이 된다고 그들은 말했다. 돼지가 사다리 위에서 몸을 가누기란 쉬운 일이 아니었으므로 스노볼은 약간의 고생 끝에 어렵사리 사다리를 타고 올라가 그 일곱 계명을 쓰기 시작했고 스퀼러가 사다리 몇 칸 밑에 서서 페인트 통을 들어 주었다. 계명은 타르 칠을 한 시꺼먼 헛간 벽에 흰 페인트 글씨로 큼직큼직 써 놓아 30미터 밖에서도 읽을 수 있었다. 계명의 내용은 이러했다.

일곱 계명

1 무엇이건 두 발로 걷는 것은 적이다.
2 무엇이건 네 발로 걷거나 날개를 가진 것은 친구다.
3 어떤 동물도 옷을 입어서는 안 된다.
4 어떤 동물도 침대에서 자서는 안 된다.
5 어떤 동물도 술을 마시면 안 된다.
6 어떤 동물도 다른 동물을 죽여선 안 된다.
7 모든 동물은 평등하다.

깔끔하게 잘 쓴 글씨였다. '친구(friend)'라는 단어의 철자 순서가 하나 뒤바뀌어 '친고(freind)'가 되고 에스(S) 자 하나가 좌우로 뒤집어진 걸 빼고는 모든 철자가 정확했다. 스노볼이 다른 동물들을 위해 일곱 계명을 큰 소리로 읽어 주었다. 동물들은 완전한 동의의 표시로 고개를 끄덕였고 머리 좋은 녀석들은 벌써 그 계명들을 줄줄 외웠다.

스노볼이 붓을 내려놓으며 말했다. "자, 동무들, 이제 풀밭으로 갑시다! 오늘 우리는 존스와 그의 일꾼들보다 더 빠른 속도로 건초 수확을 끝내어 우리의 명예를 살립시다."

그 순간, 그때까지 다소 불안한 기색을 보여 오던 암소 세 마리가 음매 하고 큰 소리를 내질렀다. 그 암소들은 꼬박 스물 네 시간 동안 젖을 짜지 않아 젖통이 터질 지경이었던 것이다. 잠시 생각한 끝에 돼지들은 양동이를 가져오게 해서 제법 솜씨 있게 젖을 짰다. 돼지 발굽은 그 일을 하는 데는 아주 안성맞춤이었다. 약간 거품이 뜬 크림색 진한 우유가 다섯 양동이나 되었고 많은 동물들이 상당한 관심을 갖고 우유 통들을 바라보았다.

"저 우유는 다 어떻할 참이야?" 누군가가 물었다.

"존스는 우리 먹이에 가끔 우유를 타 주었는데." 하고 암탉 하나가 말했다.

"우유에 신경 쓸 거 없소, 동무들!" 나폴레옹이 우유 양동이 앞으로 나서며 말했다. "우유 걱정은 하지 말아요. 건초 수확이 더 중요합니다. 스노볼 동무가 여러분을 인도할 거요. 난 좀 이따 뒤따라가겠소. 자, 동무들, 앞으로! 풀밭이 기다리고 있소."

동물들은 건초용 꼴을 베기 위해 풀밭으로 전진했다. 저녁 때 그들이 돌아와 보니 우유는 어디론가 사라지고 없었다.

3

    그날 하루, 동물들은 건초를 수확하느라 땀을 뻘뻘 흘리며 얼마나 열심히 일했던가! 하지만 그들의 수고에는 보람이 있었다. 건초 수확은 생각보다 훨씬 큰 성공을 거두었다.

    일이 퍽 고될 때도 있었다. 도구들은 인간을 위해 고안된 것이지 동물을 위해 만들어진 것이 아니었고, 게다가 선 자세로 도구를 사용할 수 없다는 게 동물들에게는 큰 약점이었다. 하지만 돼지들은 영리해서 매번 어려운 문제가 생길 때마다 해결 방법을 생각해 냈다. 말들로 말하자면 풀밭 구석구석을 훤히 꿰고 있는 데다가 풀을 베고 긁어모으는 일이라면 존스나 그의 일꾼들보다 솜씨가 훨씬 윗길이었다. 돼지들은 직접 일을 하지 않는 대신 다른 동물들을 감독하고 지휘했다. 아는 게 많았기 때문에 돼지들이 지도 역할을 맡는 건 아주 자연스러운 일이었다. 복서와 클로버는 몸에 풀 베는 기구나 써레를 붙들어 매고(물론 재갈, 고삐 같은 것들은 더 이상 사용되지 않았다.) 풀밭을 빙빙 돌았고 돼지 하나가 그 뒤를 따라다니며 그때그때 "어이 동무, 위로!" "워어이, 뒤로, 뒤로!" 하면서 방향을 지휘했다. 제일 힘 약한 동물들까지도 풀을 뒤집고 모으는 일을 거들었다. 오리, 암탉 들도 땡볕에 온종일 왔다 갔다 하면서 부리에 풀 몇 가닥씩이라도 물어 날랐다. 마침내 동물들은 과거 존스와 그의 일꾼들이 했을 때보다 이틀이나 앞당겨 수확을 끝냈다. 게다가 이번의 건초 수확은 농장이 생긴 이후 최대의 것이었다. 낭비는 전혀 없었다. 암탉과 오리 들이 날카로운 눈으로 살피다가 마지막 풀줄기까지 모두 챙겨다 모았기 때문이다. 풀 도둑질도 없었다. 농장의 어느 동물도 한 번 입가심할 만큼의 풀조차 훔치는 일이 없었다.

그 여름 내내 농장 일은 시계처럼 돌아갔다. 동물들은 일찍이 상상도 못 했을 만큼 행복했다. 입에 넣는 먹거리는 그지없이 달콤했다. 그것은 과거 인색한 주인이 마지못해 동냥 주듯 던져 주던 먹이가 아니라 동물들이 스스로 자신들을 위해 생산한 먹이, 진정한 그들 자신의 먹이였기 때문이다. 쓸모없는 기생충 인간들이 사라지고 나자 동물들에게는 먹을 것이 더 많이 돌아갔다. 여가도 훨씬 더 많았다. 동물들로선 그 여가란 것이 뭔지 도무지 경험해 본 일이 없긴 했지만 말이다. 그러나 어려운 일도 많았다. 이를테면 농장에 탈곡기가 없었기 때문에 그해 느지막이 옥수수 걷이를 할 때 동물들은 아득한 옛날 방식대로 발로 밟아 옥수수 알갱이를 떨구고 껍질은 입으로 후후 불어서 걷어 내야 했다. 그러나 영리한 돼지들이 있고 엄청난 힘을 가진 복서가 있어서 언제나 동물들을 어려움에서 구해 주었다. 복서는 모든 동물들에게 경탄의 대상이었다. 존스 시절에도 그는 열심히 일하는 말이었지만 지금의 그는 어찌나 열심이었던지 말 한 마리가 아니라 세 마리는 뭉쳐 놓은 것 같았다. 농장의 모든 일이 그의 힘센 두 어깨에 달려 있는 것 같아 보일 때도 있었다. 아침부터 밤까지 그는 밀고 당기며 일했고 가장 힘든 일이 있는 곳에는 언제나 그가 있었다. 그는 어떤 수평아리에게 매일 아침 남들보다 삼십 분 먼저 자기를 깨워 달라 해 놓고 그렇게 일찍 일어나서는 제일 필요한 일이 무엇인지를 살펴 하루의 정상 일과가 시작되기 전 삼십 분씩 자원 노동을 했다. 무슨 어려운 문제가 생기면 "내가 더 열심히 할게!"라고 그는 말했다. 그는 그 말을 자신의 개인 모토로 삼았다.

그러나 모든 동물들은 각자 자기 능력에 따라 일했다. 예를 들면 옥수수 걷이 때 암탉과 오리 들은 흩어진 낟알들을 열심히 주워 모아 자그마치 옥수수 다섯 말을 덤으로 수확했다. 아무도 도둑질하지 않았고 자기 앞으로 돌아오는 몫에 대해 불평하지 않았다. 존스 시절에는 그렇게도 흔하던 싸움질, 물고 뜯기, 질투하기 같은 것도 거의 사라졌다. 꾀부리며 일을 피하는 동물도 없었다. 아니, 아주 없다기보다는 거의 없었다. 사실 흰 암말 몰리 같은 경우엔 아침에 잘 일어나질 못했고 일을 하다가도 발굽에 돌이 박혔다며 일찍 자리를 뜨곤 했다.

고양이의 행동도 좀 별난 데가 있었다. 해야 할 일이 생기면 고양이가 눈에 띄지 않는다는 걸 동물들은 알게 됐다. 그녀는 몇 시간씩 어디론가 사라졌다가 밥 먹을 시간이나 일이 다 끝난 저녁이 되어서야 마치 아무 일도 없었다는 듯 슬그머니 다시 나타나곤 했다. 그러고는 썩 그럴듯한 핑계를 대면서 다정하게 가르랑거리는 통에 모두 그녀의 말을 믿을 수밖에 없었다. 나이 많은 당나귀 벤저민은 반란 이후에도 전혀 달라진 구석이 없었다. 그는 존스 시절이나 마찬가지로 느릿느릿 고집스러운 방식으로 일했다. 그는 일을 피하지 않았고 가외의 일이 생겼을 때 선뜻 자원해서 나서지도 않았다. 반란에 대해서나 그 결과에 대해 그는 아무 견해도 표명하지 않았다. 존스 일당을 쫓아내고 난 지금이 더 행복하지 않느냐는 질문에 대해선 "당나귀는 오래 산다네. 죽은 당나귀 본 일 있어?"라는 게 그의 대답이었다. 모두들 그 알쏭달쏭한 대답으로 만족할 수밖에 없었다.

일요일에는 모두 쉬었다. 일요일 아침 식사는 다른 때보다 한 시간 늦추어 먹기로 했고 식사 후에는 매주 빠짐없이 거행되는 의식이 있었다. 의식의 첫 순서는 깃발 게양이었다. 스노볼이 마구실에서 존스 부인이 쓰던 헌 녹색 식탁보 하나를 찾아내어 흰색으로 발굽과 뿔을 그려 넣은 깃발이었다. 동물들은 매주 일요일 아침 농장 마당의 깃대에 그 깃발을 게양했다. 스노볼의 설명에 따르면 깃발의 녹색은 영국의 푸른 풀밭을 의미하고 발굽과 뿔은 모든 인간을 최종적으로 몰아낸 다음에 세워질 '동물 공화국'을 의미한다는 것이었다. 깃발 게양에

이어 동물들은 총회를 갖기 위해 헛간으로 행진했다. 총회는 '회의'라는 명칭으로 불렸다. 회의에서는 다음 주에 할 일들이 계획되고 결의안 제출과 토의가 진행됐다. 무슨 결의안을 제출하는 건 언제나 돼지들이었다. 다른 동물들은 투표하는 법까지는 알았지만 자기네 스스로 무슨 결의안 같은 걸 생각해내지는 못했다. 토론 때는 스노볼과 나폴레옹이 가장 활발했다. 그러나 다들 곧 알게 된 일이지만 그 두 수퇘지가 서로 합의에 도달하는 일은 절대로 없었다. 한쪽이 무슨 안을 내놓으면 한쪽에서는 어김없이 반대 의견을 제시했다. 늙어 일할 나이를 넘긴 동물들에게는 여생을 편히 보낼 수 있도록 과수원 뒤의 작은 목장을 은퇴지로 정해 주자는 결의안이 채택되었을 때에도(일단 채택되면 아무도 결의 자체를 반대할 수 없었다.) 각 동물 부류에 따른 은퇴 연령을 몇 살로 할 것인가를 놓고 열띤 토론이 벌어졌다. 회의는 언제나 「영국의 짐승들」을 노래하는 것으로 끝났고 오후는 휴식 시간이었다.

돼지들은 마구실을 자기네 본부로 정해 놓았다. 저녁 시간 그들은 이 방에 모여 대장간 일, 목수 일, 기타 필요한 기술들을 익히느라 본채 농가에서 가져온 책들을 펴 놓고 공부했다. 또 스노볼은 다른 동물들을 모아 이른바 '동물위원회'라는 걸여러 개 조직했다. 그는 지칠 줄 모르고 위원회를 조직했다. 그는 암탉들로 '달걀생산위원회'를 만들고 암소들을 모아 '깨끗한꼬리동맹'을 조직했다. '야생동물재교육위원회'(이것의 목적은 쥐와 토끼를 길들이는 것이었다.), 양들의 '더욱흰털생산운동', 기타 등등의 위원회와 동맹 들이 조직되었고 읽고 쓰는 법을 가르치는 학습반들도 만들어졌다. 그러나 대체로 이 기획들은 실패작이었다. 예컨대 야생동물 재교육 사업은 거의 시작과 동시에 실패로 끝나고 말았다. 쥐, 토끼 들의 행동은 언제나 이전 그대로였고 위원회가 관대하게 대해 주면 그걸 이용하고 나섰다. 고양이는 재교육위원회에 참여한 뒤 처음 며칠간은 아주 열심이었다. 어느 날 그녀가 지붕에 올라가 저만큼 닿지 않을 거리에 떨어져 앉아 있는 참새들에게 말을 걸고 있는 것이 목격되었다. 얘기인즉 이제는 모든 동물이 동지다, 그러니 어느 참새든 원한다면 와서 자기 발등에 앉아도 좋다는 취지였다. 하지만 참새들은 접근하지 않았다.

읽고 쓰기 학습반들은 그러나 대성공이었다. 가을께가 되자 농장 동물들은 거의 모두가 조금씩이라도 문자를 깨치게 되었다.

돼지들로 말하면, 읽고 쓰는 것이 이미 완벽한 수준이었다. 개들도 읽기는 썩 잘했지만 일곱 계명 외에 다른 것을 읽는 데는 전혀 관심이 없었다. 염소 뮤리얼은 읽는 솜씨가 개들보다 한 수 위여서 가끔 쓰레기 더미에서 주워 온 신문 스크랩을 저녁 시간 다른 동물들에게 읽어 줄 때도 있었다. 당나귀 벤저민은 어느 돼지 못지않게 잘 읽었지만 그 능력을 발휘하는 법이 없었다. 자기가 알기로는 읽을 만한 것이 없다는 얘기였다. 어미 말 클로버는 알파벳까지는 배워 깨쳤으나 단어들을 조합해 낼 수가 없었다. 복서는 알파벳의 디까지 깨치고는 더 이상 나가지 못했다. 그는 커다란 발굽으로 땅바닥에 에이, 비, 시, 디까지 써 놓고는 두 귀를 뒤로 쫑긋 젖히고 이따금 앞갈기를 흔들면서 그 글자들을 내려다보며 디 다음에 무슨 자가 오더라? 온 힘을 다해 기억해 보려 했지만 매번 실패였다. 사실은 그가 디 다음의 이, 에프, 지, 에이치까지 익힌 적이 몇 번 있긴 했다. 그러나 그 네 자를 외우고 나면 앞서 익힌 에이, 비, 시, 디가 생각나지 않았다. 마침내 그는 알파벳의 그 첫 네 글자에 만족하기로 하고 그나마 까먹지 않기 위해 매일 한두 번씩은 그 글자들을 땅바닥에 써 보았다. 흰 암말 몰리는 자기 이름에 들어가는 여섯 글자(Mollie) 외에는 배우기를 거부했다. 그녀는 작은 나뭇가지들로 예쁘게 그 여섯 글자를 만들고는 꽃송이까지 한두 개 가져다 장식한 다음 스스로 찬탄하며 제 이름자 주위를 빙빙 돌곤 했다.

그 밖의 농장 동물들은 알파벳의 첫 글자 에이 이상으로는 나가지 못했다. 또 알고 보니 양, 암탉, 오리 등 머리가 둔한 동물들의 경우는 '일곱 계명'조차 다 외우지 못할 터였다. 한참 생각한 끝에 스노볼은 그 일곱 계명이 단 한 줄의 격언으로 요약될 수 있다고 선언했다. 그 한 줄이란 "네 발은 좋고 두 발은 나쁘다."였다. 스노볼은 그 한 줄에 동물주의의 기본 원리가 다 포함되어 있다고 말했다. 누구든 그 원리를 철저히 깨치기만 하면 인간의 영향으로부터 안전하다는 얘기였다. 처음에는 날짐승들이 그 말에 이의를 제기하고 나섰다. 다리 두 개라면 날개 달린 동물도 해당하지 않느냐는 항의였다. 그러나 스노볼은 그게 그렇지 않음을 입증해 보였다. 그는 말했다.

"동무들, 새의 날개는 날기 위한 추진 기관이지 나쁜 짓을 하는 기관이 아니오. 그러므로 날개는 다리로 간주되어야 하오. 인간의 특징적인 표지는 그의 '손'이오. 손은 그가 온갖 못된 짓을 하는 도구입니다."

날짐승들은 스노볼이 사용한 길고 어려운 단어들을 이해할 수 없었지만 그의 설명은 받아들이기로 했다. 그리고 다른 머리 둔한 동물들도 스노볼이 말한 한 줄짜리 격언을 외우기 시작했다. 헛간 벽에는 '일곱 계명' 위쪽에 계명의 글자들보다 더 크게 "네 발은 좋고 두 발은 나쁘다."라는 새 문장이 추가되었다. 일단 외우고 나자 양들은 그 격언이 몹시 맘에 들었다. 그들은 가끔 풀밭에 누워 일제히 "네 발은 좋고 두 발은 나쁘다! 네 발은 좋고 두 발은 나쁘다!"를 몇 시간씩 지칠 줄 모르고 외쳐 댔다.

나폴레옹은 스노볼의 위원회들에 대해 냉담했다. 그의 말인즉 이미 다 큰 동물들을 놓고 뭘 어쩌느니보다는 어린 것들을 교육하는 일이 훨씬 더 중요하다는 것이었다. 마침 건초 수확이 끝나고 얼마 후에 암캐 제시와 블루벨이 투실투실한 새끼 아홉 마리를 낳았다. 나폴레옹은 새끼들이 젖을 떼자마자 강아지 교육은 자기가 책임진다며 어미 품에서 새끼들을 떼어 갔다. 그는 마구실 위의, 사다리를 통해야만 올라갈 수 있는 지붕 밑 방으로 강아지들을 옮긴 다음 외부로부터 그들을 철저히 격리했고, 그래서 농장의 다른 동물들은 다락에 강아지들이 있다는 사실조차 곧 잊어버렸다.

우유가 죄다 어디로 사라지는지는 얼마 안 가서 밝혀졌다. 우유는 매일 돼지들이 먹는 사료에 들어가고 있었던 것이다. 과수원에서는 이른 사과가 익기 시작했고 바람에 떨어진 사과들이 여기저기 뒹굴었다. 동물들은 그 떨어진 사과들이 물론 평등하게 분배될 것이라고 생각했다. 그러나 어느 날 그 사과들을 모두 모아다 마구실의 돼지들에게 갖다줘야 한다는 명령이 떨어졌다. 그 명령에 몇몇 동물들이 수군대기 시작했지만 소용없었다. 그 문제에 관해선 돼지 전원이 완전히 합의를 본 상태였고 스노볼과 나폴레옹까지도 그 문제에 대해서만은 의견이 일치했다. 왜 그래야 하는지를 다른 동물들에게 설명하느라 언변가 스퀼러가 파견됐다.

"동무들, 여러분은 설마 우리 돼지들이 저들끼리만 잘 먹고 잘 살기 위해서, 또는 무슨 특권을 행사하기 위해서 그러는 것이라고 생각진 않겠지요? 사실은 우유, 사과를 싫어하는 돼지들도 많아요. 나도 싫어합니다. 그런데도 돼지들이 우유와 사과를 가져가는 것은 건강 유지를 위해서입니다. 우유와 사과에는 돼지 건강에 절대적으로 필요한 물질들이 포함되어 있어요. 동무들, 이건 과학적으로 밝혀진 일입니다. 우리 돼지들은 머리 쓰는 노동에 종사하고 있습니다. 이 농장의 경영과 조직은 전적으로 우리 돼지들에게 달려 있습니다. 우리는 밤낮으로 여러분의 복지를 보살펴야 합니다. 그러므로 돼지들이 우유를 마시고 사과를 먹어야 하는 것은 바로 '여러분의' 이익을 위해서입니다. 돼지들이 그 의무를 수행하지 못하면 어찌 되는지 아십니까? 존스가 다시 오게 돼요, 존스가! 그래요, 존스가 다시 오게 됩니다! 그러니까 동무들……." 이 대목에서 스퀼러는 거의 호소하듯 말했다. 그는 이리저리 왔다 갔다 하면서, 그리고 꼬리를 탈탈 털며 말을 계속했다. "그러니까 동무들, 여러분 중에 설마 존스가 되돌아오길 바라는 분은 없겠지요?"

동물들에게 아주 완전히 확실한 것이 하나 있다면 그건 아무도 존스가 되돌아오는 것만은 원치 않는다는 사실이었다. 일이 그런 식으로 설명되고 보니 동물들로선 더 이상 할 말이 없었다. 돼지들이 우선 건강해야 한다는 것의 중요성은 너무도 명백해 보였다. 그렇게 해서 우유며 바람에 떨어진 사과(그리고 나중에는 익은 사과들까지)는 모두 돼지들의 몫이어야 한다는 데 더 이상 아무 군말 없는 합의가 이루어졌다.

4

그해 여름이 저물 무렵, 동물농장에 관한 소식이 영국 땅 절반 가까운 지역으로까지 퍼져 나갔다. 스노볼과 나폴레옹은 하루에도 몇 번씩 농장 밖으로 비둘기들을 파견했다. 비둘기들의 임무는 근처 다른 농장들을 찾아가 그곳 동물들과 어울리면서 동물농장에서 일어난 반란을 얘기해 주고 「영국의 짐승들」 노래를 가르치는 일이었다.

농장에서 쫓겨난 존스 씨는 그 무렵 윌링던의 레드 라이언 술집에 앉아 자기 얘기를 들어 주는 사람이면 누구나 붙들고 자신이 밥벌레만도 못한 동물 떼에게 농장을 뺏겼으니 이렇게 부당한 일이 어디 있느냐고 하소연했다. 다른 농장주들은 원칙적으로는 존스를 동정했지만 처음에는 이렇다 할 도움도 주지 않았다. 내심 그들은 존스에게 닥친 불행을 이용해서 뭐 득 볼 일이 없을까 속으로 계산해 보는 참이었다. 동물농장에는 다른 두 개의 농장이 인접해 있었는데 다행히도 그 두 농장의 주인들은 서로 영원한 앙숙이었다. 두 농장 중 하나는 폭스우드였다. 폭스우드는 크기만 했지 제대로 운영되지 않는 구식의 농장이었다. 삼림이 농장을 침범하고 목초지는 황폐해지고 울타리는 형편없이 망가진 상태였다. 주인 필킹턴 씨는 게을러빠진 유한 농사꾼으로 철 따라 낚시질 아니면 사냥이나 하면서 세월을 보내는 사람이었다. 또 하나는 핀치필드라는 농장인데 폭스우드에 비해 규모는 작지만 경영 상태는 더 나았다. 주인 프레더릭 씨는 억세고 약삭빠른 사람이었다. 그는 거의 언제나 무슨 소송에 관련되어 있었고 흥정이 벌어지면 자기 쪽에 유리하게 밀고 가는 것으로 이름이 나 있었다. 그런데 그 두 농장 주인들은 서로 너무 싫어해서 무슨 일에도 의견 일치를 보는 적이 없었다. 자기네 이익을 방어하는 일에 있어서까지도 그랬다.

하지만 동물농장에서 일어난 반란에 대해서만은 두 사람이 모두 잔뜩 겁을 집어먹었고 그래서 자기네 농장 동물들이 그 소식을 자세히 듣지 못하게 신경깨나 썼다. 처음 그들은 동물들이 스스로 농장을 경영한다는 소리에 콧방귀도 뀌지 않는 척해 보이려 했다. 그들은 보름도 못 갈 거라고 말했다. 그들은 메너 농장('동물농장'이란 이름을 용납할 수 없었기 때문에 그들은 계속 '메너 농장'이라 불렀다.)의 동물들이 밤낮 싸움질이나 하고 그래서 곧 굶어 죽을 것이라는 소문을 퍼뜨렸다. 그런데 한참 세월이 지나서까지 동물들이 분명 굶어 죽지 않자 프레더릭과 필킹턴은 말을 바꾸어 동물농장에서는 지금 끔찍한 일들이 벌어지고 있다고 소문을 냈다. 거기선 동물들이 서로 잡아먹고 벌겋게 불에 달군 편자로 서로를 고문하고 암컷들은 모두가 공유한다는 것이었다. 그게 바로 자연법칙을 거스른 반란의 당연한 귀결이라고 두 사람은 말했다.

하지만 이런 얘기들이 모두 액면 그대로 받아들여진 건 아니었다. 인간을 쫓아내고 동물들이 스스로 일을 꾸려 가는 멋진 농장이 있다는 소문이 때로는 막연하게, 때로는 조금씩 비틀어진 형태로 온 나라에 계속 퍼져 나갔고 시골 일원에서는 그해 내내 반란의 기운이 감돌았다. 유순한 황소들이 갑자기 사나워지고 양 떼는 울타리를 망가뜨리며 닥치는 대로 클로버를 뜯어 먹고 암소들은 들통을 걷어차고 사냥 말들은 울타리 뛰어넘기를 거부하면서 등에 탄 기수들을 담장 밖으로 내동댕이쳤다. 무엇보다도 「영국의 짐승들」 노래가 곡조뿐만 아니라 가사까지 온 나라에 알려졌다. 그 전파 속도는 놀랄 만한 것이었다. 노래를 들어 본 인간들은 무슨 그런 돼먹지 않은 노래가 있느냐고 생각하는 척했으나 실은 분노를 참을 수 없었다. 아무리 짐승이라 해도 어찌 그따위 쓰레기만도 못한 노래를 부를 수 있느냐고 인간들은 말했다. 그 노래를 부르다 들킨 동물은 그 자리에서 매질을 당했다. 그러나 그 노래를 억누를 수는 없었다. 검정지빠귀들은 울타리에 앉아 그 노래를 불렀고 비둘기들은 느릅나무에 올라앉아 꾸꾸거리며 그 노래를 읊었다. 노래 곡조는 대장간의 시끄러운 쇠망치 소리에도 섞여 들고 교회 종소리에도 섞여 들었다. 인간들은 그 노래를 들을 때마다 자기네의 장래 운명에 대한 예언을 듣는 것 같아 몰래 몸을 떨었다.

10월 초순, 옥수수를 베어다 쌓고 일부는 타작을 시작할 무렵, 비둘기 한 무리가 동물농장 상공에 푸드덕거리며 날아와 농장 마당에 내려앉았다. 비둘기들은 몹시 흥분해 있었다. 존스와 그의 일꾼들, 폭스우드 농장과 핀치필드 농장에서 나온 사람 여섯 등이 빗장 다섯 개로 된 농장 정문을 치고 들어와 지금 마찻길을 따라 농장으로 올라오고 있다는 것이었다. 모두 몽둥이를 쥐었는데 존스만은 총을 들고 선두에 서서 진격 중이라는 보고였다. 말할 것도 없이 그들은 농장을 재탈환하러 온 것이었다.

이는 동물들이 오랫동안 예상했던 일이라 이미 필요한 모든 준비가 끝나 있었다. 스노볼은 그 옛날 율리우스 카이사르가 여러 전투를 치르고 나서 쓴 책 하나를 본채에서 찾아내어 벌써 읽어 본 다음이었고 그래서 이번 공격에 대한 방어 작전은 스노볼이 지휘하게 되었다. 그는 날쌔게 이런저런 명령들을 내렸고 일이 분 사이에 모든 동물들은 각자 자기 위치에 배치되었다.

인간들이 농장 건물들 쪽으로 접근하자 스노볼의 첫 번째 공격 명령이 떨어졌다. 농장의 서른여섯 마리 비둘기 전원이 일제히 날아가 공중에서 인간들의 머리 위로 똥을 갈겨 대기 시작한 것이다. 인간들이 비둘기 똥 공격을 막고 있는 사이 울타리 뒤에 숨었던 거위들이 내달아 침략자들의 종아리를 사정없이 쪼아 댔다. 하지만 이 정도는 약간의 혼란을 일으키기 위한 가벼운 접전에 불과했다. 인간들은 몽둥이를 휘둘러 쉽사리 거위들을 물리쳤다. 그러자 스노볼의 두 번째 공격이 개시되었다. 스노볼은 직접 선두에 서서 염소 뮤리얼, 당나귀 벤저민, 양 떼 전원을 이끌고 앞으로 내달아 사방에서 인간들을 찌르고 머리로 들이받았다. 당나귀 벤저민은 뒤로 돌아서서 작은 발굽으로 인간들에게 발길질을 했다. 하지만 이번에도 징 박은 구두 차림에 몽둥이까지 든 인간들이 동물들보다 훨씬 우세했다. 갑자기 스노볼 쪽에서 꽥 하는 소리가 들려왔다. 후퇴 신호였다. 그러자 동물들은 일제히 돌아서서 농장 문을 통해 마당으로 도망쳐 들어갔다.

인간들은 와아 승리의 환성을 올렸다. 그들이 생각했던 대로 동물들이 도망치고 있었다. 인간들은 달아나는 동물들을 무질서하게 뒤쫓기 시작했다. 그게 바로 스노볼이 의도한 작전이었다. 인간들이 마당 안으로 들어서는 순간, 외양간에 매복했던 말 세 마리, 암소 세 마리 그리고 나머지 돼지 전원이 갑자기 인간들의 후미로 나타나 퇴로를 차단했다. 스노볼이 돌격 명령을 내렸다. 스노볼 자신은 존스를 향해 정면으로 돌진했다. 그가 달려드는 걸 본 존스는 총을 들어 발사했다. 스노볼의 등짝에서 주르륵 피가 흘렀고 양 한 마리가 죽어 넘어졌다. 그러나 스노볼은 한순간도 지체 않고 내달아 무게 95킬로그램짜리 몸뚱이로 존스의 다리를 들이받았다. 존스는 저만치 똥거름 더미에 가서 처박혔고 총은 허공으로 날아갔다. 가장 무시무시한 것은 복서의 전투 장면이었다. 그는 마치 종마처럼 뒷발로 일어서서 편자가 달린 거대한 앞발로 발길질을 해 댔다. 그의 첫 번째 발길질에 얻어맞은 건 폭스우드 농장에서 온 마구간지기 젊은이였다. 발길에 머리통을 차인 젊은이는 진흙 바닥에 나가 떨어져 죽 뻗었다. 이 광경을 본 인간 몇몇이 몽둥이를 내던지고 도망치려 했다. 그들은 공포에 질려 있었다. 동물들은 마당을 빙빙 돌며 인간들을 쫓아다녔다. 인간들은 뿔에 받히고 발길에 차이고 물어뜯기고 발에 밟혔다. 농장의 동물이란 동물은 모두 제각각 자기 방식으로 인간들을 공격했다. 고양이까지도 느닷없이 지붕에서 붕 뛰어내려 소치기 한 사람의 어깨에 발톱을 박아 넣었고 소치기는 크게 비명을 내질렀다. 한순간 퇴로가 열리자 인간들은 허겁지겁 마당 밖으로 빠져나가 큰길 쪽으로 있는 힘을 다해 내달렸다. 그렇게 해서 침공을 개시한 지 채 오 분도 안 돼 인간들은 왔던 길로 창피스럽게 퇴각했고 거위 떼가 뒤를 쫓으며 그들의 종아리를 쪼아 댔다.

한 사람만 빼고는 인간들 모두가 도망쳤다. 마당에서는 복서가 진흙 바닥에 엎어진 마구간지기의 몸을 발굽으로 뒤집어 보려 애쓰고 있었다. 젊은이는 움직이지 않았다.

"죽었어." 복서가 슬픈 목소리로 말했다. "이럴 생각은 아니었는데. 편자를 차고 있다는 걸 잊어버렸어. 내가 고의로 죽인 건 아냐."

"감상은 금물이오, 동무!" 아직도 상처에서 피를 뚝뚝 흘리며 스노볼이 말했다. "전쟁은 전쟁이오. 유일하게 좋은 인간은 죽은 인간이오."

"목숨을 앗을 생각은 아니었어. 그게 인간의 목숨이라 하더라도 말이오." 복서가 눈물을 글썽이며 말했다.

"몰리는 어디 갔어?" 누군가가 큰 소리로 물었다.

아닌 게 아니라 몰리가 보이지 않았다. 동물들은 잠시 긴장했다. 싸움 통에 인간들이 몰리를 해쳤을지도 모르고 어쩌면 그녀를 납치해서 끌고 갔을지도 모를 일이었다. 그러나 알고 보니 몰리는 자기 마구간에서 여물통 건초 더미에 머리를 파묻고 숨어 있었다. 그녀는 존스의 총소리를 듣는 순간 도망쳤던 것이다. 동물들이 그녀를 찾다가 돌아와 보니 죽은 줄 알았던 마구간지기가 사라지고 없었다. 사실 그는 죽은 게 아니라 잠시 기절했다가 정신이 들자 달아난 것이었다.

동물들은 신명이 나서 재집합했다. 모두들 목청을 돋우어 이날의 자기 무용담을 풀어놓느라 시끌벅적했다. 즉각 승전 축하식이 거행되었다. 깃발이 게양되고 동물들은 「영국의 짐승들」을 여러 번 합창했다. 죽은 양의 엄숙한 장례식이 치러지고 그 무덤에는 산사나무 한 그루가 심어졌다. 스노볼이 무덤 앞에서 짤막한 연설을 했는데 모든 동물은 동물농장을 위해 필요하다면 죽을 각오가 되어 있어야 한다는 걸 강조하는 내용이었다.

동물들은 만장일치로 무공 훈장을 제정키로 했다. '동물 영웅 일등 훈장'은 그 자리에서 스노볼과 복서에게 수여되었다. 훈장은 동메달(사실 그 메달은 마구실에서 찾아온 말 장식용의 헌 놋쇠였다.)이었고 일요일과 휴일에 착용하기로 했다. '동물 영웅 이등 훈장'은 죽은 양에게 추서되었다.

이번 전투에 무슨 명칭을 붙일까를 놓고 한참 토론이 벌어진 끝에 '외양간 전투'라 부르기로 낙착되었다. 매복 작전이 전개된 데가 외양간이었기 때문이다. 존스의 총은 진흙 바닥에 떨어져 있는 것이 발견되었고 그가 살던 본채 농가에는 실탄이 잔뜩 준비돼 있다는 사실도 알려졌다. 존스의 총은 깃발 게양대 밑에다 대포처럼 상시 놓아두었다가 일 년에 두 번씩 발사하기로 했다. '외양간 전투' 기념일이 될 10월 12일에 한 번 그리고 '반란' 기념일인 미드서머 데이에 한 번.

5

겨울이 다가오면서 몰리는 점점 더 말썽꾸러기가 되어 갔다. 아침마다 그녀는 일터에 지각해서는 깜빡 늦잠을 잤노라 변명했다. 밥 먹는 걸 보면 식욕이 대단한데도 그녀는 자신이 이상한 통증에 시달리고 있다고 투덜댔다. 그녀는 온갖 구실을 대어 일터를 일찍 빠져나가서는 물웅덩이로 가 물에 비친 자기 모습을 바보처럼 들여다보며 서 있곤 했다. 하지만 더 심각한 일이 있다는 소문도 나돌았다. 어느 날 몰리가 긴 꼬리를 흔들고 건초 한 입을 씹으면서 명랑한 걸음으로 마당에 들어서자 클로버가 그녀를 한쪽 구석으로 데리고 갔다.

"몰리, 할 얘기가 있어. 심각한 얘기야. 우리 동물농장과 폭스우드 농장 사이의 울타리 있잖아? 오늘 아침 난 네가 그 울타리 너머를 바라보고 있는 걸 봤어. 건너편에는 필킹턴의 일꾼 하나가 서 있더군. 멀리 떨어지긴 했지만 내 두 눈으로 똑똑히 봤어. 그 일꾼이 네게 말을 걸면서 네 콧잔등을 어루만지던데. 그게 뭘 의미하는 거야, 몰리?"

"아냐, 그 사람 안 그랬어. 나도 안 그랬고! 사실이 아냐!" 몰리가 껑충 뛰고 발로 땅바닥을 긁으며 말했다.

"몰리, 내 눈을 똑바로 보고 말해. 그 사람이 네 콧등을 만지지 않았다고? 네 명예를 걸고 말할 수 있겠어?"

"사실이 아냐!" 몰리는 여전히 발뺌을 했지만 클로버의 눈을 똑바로 쳐다보지 못했다. 다음 순간 그녀는 발을 돌려 밭쪽으로 뛰어 달아났다.

클로버의 머리에 얼핏 무슨 생각이 떠올랐다. 다른 동물들에게는 아무 말도 하지 않고 그녀는 몰리의 마구간으로 가서 짚단을 들추어 보았다. 짚단 밑에는 각설탕 덩어리들과 형형색색의 댕기 다발들이 숨겨져 있었다.

사흘 후 몰리는 사라졌다. 몇 주일간 그녀의 행방은 알려지지 않았다. 그러다가 윌링던 어느 구석에서 그녀를 보았다는 비둘기들의 보고가 날아들었다. 보고에 따르면 윌링던의 어떤 술집 앞에 빨간색과 검은색 칠을 한 날씬한 이륜마차 한 대가 서 있었는데 몰리가 바로 그 마차의 두 굴대를 메고 서 있더라는 것이었다. 어떤 남자가 몰리의 코를 어루만지며 각설탕을 먹이고 있었고 체크무늬 반바지에 각반 차림의 그 뚱뚱하고 얼굴 불그스레한 남자는 무슨 술집 주인 같아 보였다는 보고였다. 몰리는 털을 새로 깎고 앞갈기에 분홍색 댕기를 달고 있었다 한다. 비둘기들은 몰리가 썩 기분 좋아 보였다고 말했다. 그 보고가 있은 이후 농장 동물들은 어느 누구도 몰리 얘기를 다시 꺼내지 않았다.

1월이 되자 매섭게 추운 날씨가 몰아닥쳤다. 땅은 얼어 쇳덩이처럼 단단했고 밭에서는 아무 일도 할 수 없었다. 농장 헛간에서는 여러 번 회의가 열리고 돼지들은 다가올 봄철의 일을 계획했다. 돼지들이 다른 동물들보다 분명히 월등하게 영리한 이상 농장의 모든 정책적 문제들은 돼지들의 결정에 맡기기로 합의가 되었다. 물론 돼지들이 결정한 사항도 최종적으로는 총회 표결에 부쳐 다수결 인준을 받아야 했다. 스노볼과 나폴레옹 사이의 분쟁만 아니었다면 이런 장치는 그런대로 잘 굴러갔을 것이다. 이들 두 수돼지는 사사건건 충돌하고 의견 차이가 남 직한 대목에서는 반드시 서로 반대 의견을 제시했다. 둘 중 하나가 보리를 더 많이 심자는 안을 내면 다른 하나는 기다렸다는 듯이 귀리를 더 많이 심어야 한다고 주장했고, 하나가 배추 농사에는 이런저런 밭이 좋겠다고 말하면 다른 하나는 그 밭이 근채류나 심으면 몰라도 다른 용도로는 쓸모가 없다고 말했다. 두 돼지를 따르는 무리가 따로 있어 격렬한 논쟁이 벌어지기도 했다. '회의'에서는 스노볼이 뛰어난 연설로 자주 다수 지지를 받곤 했지만 막간 교섭으로 지지를 얻어 내는 데는 나폴레옹이 한 수 위였다. 그는 특히 양들과 사이가 퍽 좋았다. 최근 양들은 "네 발은 좋고 두 발은 나쁘다."를 시도 때도 없이 외쳐 대곤 했는데 '회의' 도중에도 그걸 외치는 통에 회의가 자주 중단되었다. 특히 스노볼의 연설이 결정적인 대목에 이르면 양들이 느닷없이 "네 발은 좋고 두 발은 나쁘다."를 외쳐 댄다는 걸 알 수 있었다. 스노볼은 농장 본채에서 찾아낸 《농부와 양축업자》라는 잡지의 몇몇 과월 호들을 면밀히 탐독한 끝에 이런저런 개혁안과 개선안들을 잔뜩 생각해 냈다. 그는 농지 배수 시설, 목초 저장법, 기초 용재 (鑛滓) 등에 관해 유식하게 얘기했다. 그는 또 똥거름을 수레로 실어 나르는 수고를 덜기 위해서는 동물들이 밭에다 직접 배설을 하되 매일 다른 장소에 하는 것이 좋겠다는 복잡한 계획도 고안해 냈다. 나폴레옹은 자신이 무슨 계획을 내놓지는 않았지만 스노볼의 그런 계획들이 모두 쓸데없다고 조용히 말했다. 그는 때를 기다리고 있는 것 같았다. 두 돼지 사이의 분쟁 중에서도 가장 치열했던 것은 풍차를 둘러싼 의견 충돌이었다.

농장의 기다란 목초지 안에는 축사에서 그리 멀지 않은 곳에 조그만 둔덕이 하나 있었는데 그 둔덕은 농장에서 가장 높은 곳이었다. 스노볼은 그 둔덕을 조사해 본 다음 거기야말로 풍차를 세우기 딱 알맞은 곳이라는 의견을 내놓았다. 풍차로 동력을 얻고 그 동력으로 농장에 전기를 공급할 수 있다는 것이었다. 그렇게 되면 축사를 전깃불로 밝힐 수 있고 겨울에는 난방도 할 수 있을 뿐 아니라 원형 톱, 여물 썰개, 순무 자르개, 착유기 등도 돌릴 수 있다고 그는 말했다. 동물들로선 일찍이 듣도 보도 못한 얘기들이라(농장 자체가 구식이라 가장 원시적인 기구들만 있었다.) 모두 눈이 휘둥그레져 스노볼의 말에 귀를 기울였다. 스노볼은 환상적인 기계 그림들을 그려 보이며 그 기계들이 만들어지기만 하면 일은 기계가 대신 하고 동물들은 편안히 풀이나 뜯고 독서와 담화로 정신 계발을 할 수 있게 된다고 말했다.

스노볼의 풍차 건설 계획은 두어 주일 안에 완성되었다. 기계적인 세부 사항은 모두 스노볼이 『집을 고치는 1000가지 방법』, 『제 손으로 집 짓기』, 『초보자를 위한 전기 지식』 같은 책들에서 따온 것인데 물론 그 책 세 권은 존스 씨가 보던 것이었다. 스노볼은 전에 부화장으로 쓰이던 광 하나를 자기 서재로 사용했다. 그 광에는 매끈한 나무 바닥이 깔려 있어서 그림을 그리거나 제도를 하기 알맞은 곳이었다. 그는 한번 광에 들어가면 몇 시간씩 일에 몰두했다. 그는 책들을 돌로 눌러 펴 놓고 발굽 관절 사이에 분필을 끼고는 날렵하게 이리저리 오가며 마룻바닥에 수없이 많은 선들을 그어 놓고 스스로 흥분을 이기지 못해 이따금 킁킁거리기도 했다. 그의 계획은 점차 복잡한 회전반과 톱니바퀴 그림으로 발전하고 마룻바닥 절반 이상이 온통 그런 그림들로 가득했다. 다른 동물들에게는 그 그림들이 전혀 이해할 수 없는 것들이었지만 모두가 깊은 인상을 받았다. 농장의 모든 동물들은 최소한 하루에 한 번은 광에 들러 스노볼의 그림을 구경했다. 심지어 암탉과 오리 들도 구경을 와서는 분필로 그려진 그림들을 밟을까 조심하느라 애를 먹었다. 오직 나폴레옹만이 오지 않았다. 처음부터 그는 풍차 건설안에는 반대한다고 선언한 터였다. 그런데 어느 날 그가 갑자기 그 안을 검토하기 위해 광에 나타났다. 그는 광 안을 육중하게 걸어 다니면서 스노볼의 계획안을 아주 면밀하게 구석구석 들여다보기도 하고 한두 번 냄새를 맡기도 했다. 그러고 나서 그는 곁눈질로 한참 그 그림들을 지켜보며 서 있다가 갑자기 한쪽 다리를 들어 마룻바닥의 그림들 위로 오줌을 내갈기고는 말 한마디 없이 나가 버렸다.

풍차 건설 문제를 둘러싸고 온 농장이 두 쪽으로 날카롭게 갈라졌다. 스노볼은 풍차를 세우는 것이 어려운 일이라는 걸 부인하지 않았다. 돌을 캐 와야 하고 벽을 쌓아야 하고 풍차 날개도 만들어야 하고 그다음에는 발전기며 전선도 있어야 할 터였다.(이것들을 어떻게 구할 수 있는지에 대해서 스노볼은 아무 말도 하지 않았다.) 그러나 그는 일 년이면 그 모든 일이 가능하다고 주장했다. 그렇게 되면 노동이 엄청나게 절약되고 동물들은 일주일에 사흘만 일하면 된다고 그는 말했다. 그러나 이에 맞서 나폴레옹은 지금 가장 절실한 일은 식량 증산이기 때문에 풍차에 시간을 허비했다가는 모두 굶어 죽게 될 것이라고 주장했다. 동물들은 두 파로 나뉘었다. 한쪽은 "스노볼과 주 삼 일 노동에 투표를"이라는 슬로건을 내세웠고 다른 쪽은 "나폴레옹과 가득한 여물통에 투표를"이라는 슬로건을 내걸었다. 어느 쪽에도 가담하지 않은 유일한 동물은 당나귀 벤저민이었다. 그는 식량이 풍부해질 것이라는 주장도, 풍차가 노동을 줄일 것이라는 주장도 믿지 않았다. 풍차가 있건 없건 삶은 지금까지 그랬던 것처럼 나쁘게 굴러갈 것이라고 그는 말했다.

풍차 분쟁 말고도 농장의 방어 문제가 있었다. '외양간 전투'에서 비록 패퇴하긴 했어도 인간들이 존스에게 농장을 되찾아 주기 위해 지난번보다 더 강한 공격을 해 오리라는 것쯤은 농장 동물들도 충분히 인식하고 있었다. 그래야 할 이유가 더 커진 것이, 지난번 싸움에서 인간들이 졌다는 소식이 온 시골에 쫙 퍼지고 그 바람에 인근 농장 동물들의 반항기가 어느 때보다 더 강해지고 있었기 때문이다. 늘 그러듯 농장 방어 문제에서도 스노볼과 나폴레옹은 각기 다른 의견으로 맞섰다. 나폴레옹의 주장은 우선 무엇보다도 동물들이 총기를 구입해서 사용법을 익혀야 한다는 것이었다. 스노볼의 의견은 달랐다. 그는 더 많은 비둘기들을 밖으로 파견해서 다른 농장들에서도 반란이 일어나게 해야 한다고 주장했다. 나폴레옹은 동물들이 자체 방어에 실패할 경우 농장은 인간들 손에 정복될 수밖에 없다고 말했고 스노볼은 반란이 도처에서 일어난다면 구태여 방어에 나서지 않아도 된다고 주장했다. 동물들은 처음에는 나폴레옹의 주장을 듣다가 다음에는 스노볼의 말을 듣게 되고 이쪽저쪽 왔다 갔다 하는 사이 누구 말이 옳은지 갈피를 잡을 수 없었다. 사실 그들은 늘 나폴레옹이 발언할 때는 그에게 동조하고 스노볼이 말할 때는 스노볼에게 동조하는 식이었다.

드디어 스노볼의 풍차 계획이 완성되는 날이 왔다. 다음 일요일 '회의' 때 풍차 건설에 나설 것인지 말 것인지를 투표에 부치게 되어 있었다. 헛간에 동물들이 다 모이자 스노볼이 일어서서 (이번에도 양들의 외침 소리 때문에 이따금 방해를 받긴 했지만) 풍차를 세워야 하는 이유를 개진했다. 이어 나폴레옹이 나서서 풍차 계획은 얼토당토않은 것이다, 아무도 지지표를 던지지 말라고 조용히 말하고는 자리에 앉았다. 삼십 초도 채 안 되는 짧은 발언이었고 자기 발언의 효과가 어떨지에 대해서도 나폴레옹은 전혀 관심이 없는 것 같았다. 그러자 스노볼이 발딱 일어나 "네 발은 좋고 두 발은 나쁘다."를 또다시 외쳐 대는 양들에게 고함을 질러 잠잠하게 한 다음 풍차 건설안을 지지해 줄 것을 열정적으로 호소했다. 그때까지 동물들은 의견이 양쪽으로 거의 균등하게 나뉜 상태였지만 스노볼의 달변이 시작되자 순식간에 스노볼 쪽으로 기울었다. 스노볼은 장차 힘든 노동이 사라졌을 때의 동물농장의 미래상을 아주 강렬한 문장으로 그려 보였다. 그의 상상력은 이미 여물 썰개나 사탕무 자르개를 훨씬 넘어선 것이었다. 전기가 있으면 마구간마다 전깃불, 온수와 냉수, 전기 난방기 등을 공급할 수 있을 뿐 아니라 타작기, 쟁기, 써레, 땅 고르는 롤러, 수확기, 건초 묶는 기계 등을 돌릴 수 있다고 말했다. 그의 연설이 끝났을 즈음에는 표가 어느 쪽으로 기울 것인가가 이미 분명해 보였다. 그러나 바로 그 순간 나폴레옹이 자리에서 일어났다. 그는 특유의 곁눈질을 스노볼에게 한번 던지고는 지금까지 아무도 그에게서 들어 본 적 없는 높고 날카로운 소리를 꽥 하고 내질렀다.

그러자 밖에서 마치 사냥감을 몰 때 개들이 짖는 듯한 무시무시한 소리가 들리더니 목걸이에 놋쇠 장식을 더덕더덕 붙인 커다란 개 아홉 마리가 헛간으로 달려 들어왔다. 개들은 곧장 스노볼을 향해 돌진했다. 스노볼은 후다닥 자리에서 일어나 개들의 이빨을 피해 도망쳤다. 순식간에 그는 헛간 문 밖으로 달아났고 개들이 그 뒤를 쫓았다. 동물들은 너무 놀라고 겁에 질려 아무 말도 못 한 채 헛간 문으로 몰려가 바깥의 쫓고 쫓기는 광경을 지켜보았다. 스노볼은 길 쪽으로 가는 기다란 목초지를 건너 달아났다. 그는 돼지만이 발휘할 수 있는 달리기 실력으로 뛰고 있었지만 개들이 바짝 접근하고 있었다. 갑자기 스노볼이 미끄러졌다. 잡혔구나 싶은 순간이었다. 그러나 스노볼은 다시 일어나 더 빨리 뛰기 시작했고 개들이 거리를 다시 좁혀 갔다. 개 한 마리가 스노볼의 꼬리를 거의 무는가 싶었지만 스노볼은 얼른 꼬리를 털어 개의 이빨을 피했다. 그는 마지막 힘을 다해 뛰었고 개들과는 불과 몇 센티미터 사이를 두고 울타리 구멍을 빠져나갔다. 그러고는 더 이상 보이지 않았다.

동물들은 소리 없이 겁먹은 얼굴로 다시 헛간으로 들어왔다. 스노볼을 쫓던 개들이 이내 돌아왔다. 처음에 동물들은 그 개들이 도대체 어디서 왔는지 몰랐으나 곧 내력을 알게 되었다. 개들은 나폴레옹이 암캐 제시와 블루벨에게서 떼어다 몰래 키운 바로 그 강아지들이었다. 아직 다 큰 건 아니었지만 개들은 몸집이 크고 늑대처럼 사나워 보였다. 그들은 나폴레옹의 곁에 바짝 붙어 있었다. 그들이 나폴레옹에게 꼬리를 흔드는 모습은 지난날 농장의 개들이 주인 존스에게 꼬리 치던 모습 그대로였다.

나폴레옹은 개들을 거느리고 헛간 바닥의 조금 높은 연단으로 올라섰다. 그 연단은 전에 미들화이트종 수퇘지 메이저가 연설할 때 서 있던 바로 그 자리였다. 나폴레옹은 이제부터 일요일 아침의 '회의'는 폐지한다고 선언했다. 회의는 불필요한 시간 낭비라고 그는 말했다. 앞으로 농장 운영에 관한 모든 문제는 돼지들로 구성된 특별위원회가 결정할 것이며 그 위원회는 나폴레옹 자신이 주재한다는 것이었다. 특별위원회는 비공개로 열리고 결정 사항은 다른 동물들에게 통보될 것이라고 그는 말했다. 앞으로도 동물들은 일요일 아침에 모여 깃발을 게양하고 「영국의 짐승들」을 노래하고 그다음 주에 할 일을 명령받게 될 것이지만 토론은 더 이상 없다고 나폴레옹은 말했다.

스노볼의 축출이 몰고 온 충격에도 불구하고 동물들은 나폴레옹의 이 선언에 찜찜하고 언짢은 기분이었다. 제대로 따질 말을 생각해 낼 수만 있었다면 몇몇은 항의를 제기했을 것이다. 심지어 복서까지도 심기가 편치 않았다. 그는 귀를 뒤로 젖히고 앞갈기를 몇 번 흔들며 생각을 모아 보려 했지만 결국 말할 거리를 찾아내지 못했다. 정작 똘똘하게 나선 것은 오히려 몇몇 돼지들이었다. 앞줄에 앉았던 젊은 식용 돼지 네 마리가 꽥꽥 날카로운 소리를 지르며 불만을 표하다가 넷이 한꺼번에 자리에서 일어나 발언하기 시작했다. 그러자 나폴레옹을 지키고 앉았던 개들이 으르렁으르렁 깊고 위협적인 소리를 냈다. 발언하려던 돼지들은 입을 다물고 자리에 도로 주저앉았다. 이어 양들이 "네 발은 좋고 두 발은 나쁘다."를 엄청나게 큰 소리로 외쳐 댔는데, 그 외침은 거의 십오 분 동안이나 계속되었고 그 때문에 토론 기회 같은 것은 사라지고 말았다.

나중에 스큅러가 농장 곳곳을 돌아다니며 농장의 새 질서를 다른 동물들에게 설명해 주었다.

"동무들, 여러분은 나폴레옹 동무가 이 가외의 일을 맡느라 얼마나 큰 희생을 치렀는지 다들 고맙게 생각하리라 믿소. 동무들, 지도자가 된다는 것이 즐거운 일이라고는 절대로 생각지 마시오. 오히려 그 반대요. 그건 무거운 책임입니다. 나폴레옹 동무만큼 확고하게 모든 동물이 평등하다는 걸 믿는 동물도 없을 거요. 여러분이 스스로 모든 일을 결정하는 데는 나폴레옹 동무도 백번 찬성이오. 그러나 동무들, 여러분은 가끔 틀린 결정을 내릴 수 있고 그럴 경우 우린 어찌 되겠소? 만약 여러분이 스노볼과 그 황당한 풍차 계획을 지지했더라면 어찌 될 뻔했소? 모두 알다시피 스노볼은 범죄자요."

"지난번 '외양간 전투'에서 그는 용감히 싸웠는데." 누군가가 말했다.

"용감한 것만으론 충분치 않아요." 스퀼러가 말을 계속했다. "충성과 복종이 더 중요합니다. 그리고 '외양간 전투'에 대해선 당시 스노볼의 역할이 지나치게 과장되었다는 사실이 장차 밝혀질 것이오. 기율이 필요합니다, 동무들! 강철 같은 기율이 필요해요. 그게 지금부터 우리의 표어요. 우리가 한 발 잘못 디디면 적들이 달려듭니다. 동무들, 여러분은 존스가 돌아오는 건 원치 않지요?"

이번에도 이런 식의 논의에는 아무도 답을 할 수 없었다. 정말이지 동물들은 존스가 다시 오는 건 바라지 않았고 일요일 아침에 토의를 벌이는 것이 존스를 돌아오게 하는 일이라면 그 토의는 중단되어 마땅할 터였다. 이제 생각을 다소 정리할 수 있게 된 복서가 동물들의 일반적인 느낌을 표현했다. "나폴레옹 동무가 옳다고 하면 옳은 거야." 그리고 그 순간부터 그는 "내가 더 열심히 한다."라는 개인 모토 외에 "나폴레옹은 언제나 옳다."라는 격률을 하나 더 채택했다.

그 무렵 날씨가 풀리고 봄철 쟁기질이 시작되었다. 스노볼이 풍차 건설 계획을 짜던 광은 폐쇄되었다. 그 마룻바닥의 그림들은 모두 지워져 없어졌겠거니 하고 다들 생각했다. 매주 일요일 아침 10시 동물들은 헛간에 모여 다음 주에 수행해야 할 명령들을 전달받았다. 과수원의 메이저 무덤에서 이제는 살점이 다 썩겨 나가고 없는 메이저의 두개골을 파다가 깃대 밑동에 존스의 총과 나란히 안치했다. 깃발 게양이 끝나면 동물들은 헛간으로 가기 전에 한 줄로 서서 메이저의 두개골 앞을 지나가며 존경을 표시해야 한다는 명령이 있었다. 헛간에서는 이전처럼 모든 동물이 한자리에 옹기종기 모여 앉지 않았다. 나폴레옹과 스퀼러, 미니무스라는 이름의 돼지(그는 노래를 작곡하고 시를 쓰는 데 대단한 재주가 있었다.)가 높은 연단 앞쪽에 올라앉고 젊은 개 아홉 마리가 그들 주위를 반월형으로 에워싸고 그 뒤에 여타 돼지들이 앉았다. 나머지 동물들은 이들의 연단 쪽을 마주 바라보며 헛간 바닥에 앉게 되어 있었다. 나폴레옹이 다음 주에 수행할 명령들을 군인처럼 거친 목소리로 읽어 주고 나면 동물들은 「영국의 짐승들」을 한 번만 합창한 다음 해산했다.

스노볼이 쫓겨나고 삼 주일째가 되는 일요일, 나폴레옹은 어쨌거나 풍차는 건설할 계획이라고 발표했고 동물들은 깜짝 놀랐다. 그가 왜 생각을 바꾸었는지에 대해선 아무 설명이 없었다. 다만 그는 이 특별 과제가 엄청나게 어려운 일이다, 어쩌면 동물들의 식량 배급량을 줄일 필요가 있을지도 모른다고 말했다. 계획은 이미 마지막 세부 사항까지 다 마련된 상태였다. 돼지들이 특별위원회를 짜서 지난 삼 주간 그 일에 매달렸다는 것이다. 풍차 건설에는, 그 밖의 이런저런 개량 계획들까지 포함해서, 이 년이 걸릴 예정이었다.

그날 저녁 동물들과 사적으로 어울린 자리에서 스퀼러는 나폴레옹이 사실은 풍차 건설 계획에 반대했던 것이 아니라고 설명해 주었다. 오히려 그 반대라는 것이었다. 풍차 건설안을 맨 처음 낸 것은 오히려 나폴레옹이었고 스노볼이 부화장 마룻바닥에 그린 계획은 실인즉 나폴레옹의 논문에서 스노볼이 훔쳐 간 것이라는 얘기였다. 그러니까 풍차는 나폴레옹 자신의 독창적 아이디어였다고 스퀼러는 말했다. 그렇다면 나폴레옹은 왜 그토록 강경하게 풍차 건설안에 반대했느냐고 누군가가 질문했다. 이 질문에 응하는 스퀼러는 퍽 능란한 술수꾼 같아 보였다. 그게 바로 나폴레옹 동무의 지략이라고 그는 말했다. 그의 설명에 따르면 나폴레옹은 동물들에게 나쁜 영향을 주고 있던 위험 분자 스노볼을 제거하기 위한 작전으로 풍차 계획에 반대하는 '척해 보였다'는 것이었다. 스노볼이 추방된 이상 이제 풍차 건설은 그의 간섭 없이 추진될 수 있다고 스퀼러는 말했다. 그게 이른바 '전술'이란 거야, 전술. 그는 명랑하게 웃고 깡충깡충 뛰고 꼬리를 털기도 하면서 "동무들, 그게 바로 전술이라는 거야, 전술!"이란 말을 몇 번씩 되풀이

했다. 동물들은 전술이란 말이 무슨 뜻인지 확실히 알지는 못했지만 스퀄러가 하도 설득력 있게 말한 데다 마침 그 자리에 함께 있던 개 세 마리가 위협적으로 으르렁대는 바람에 더 이상의 질문 없이 스퀄러의 설명을 받아들이기로 했다.

6

그해 내내 동물들은 노예처럼 일했다. 그러나 그들은 일을 하며 행복했다. 그들은 노동과 희생을 마다하지 않았고 그들이 하는 일은 모두 그들 자신과 다음에 올 후손들의 이익을 위한 것이지 게으른 도둑 인간들을 위한 것이 아님을 잘 알고 있었다.

봄과 여름 두 철에 걸쳐 동물들은 일주일에 육십 시간을 일했다. 10월이 되자 나폴레옹은 일요일 오후에도 일을 하게 될 것이라고 발표했다. 일요일 오후의 노동은 전적으로 자원에 맡기기로 하되 누구든 빠지는 자에게는 식량 배급이 절반으로 감소된다는 것이었다. 그렇게 일하는데도 농장의 일부 과업은 손도 못 댄 채 남겨 두지 않으면 안 되었다. 수확은 전해에 비해 다소 줄었고 초여름에 근채류를 심었어야 할 밭뙈기 두 개는 쟁기질을 제때에 맞춰 서둘러 끝내지 못해 아무것도 심지 못한 상태였다. 돌아올 겨울이 고달프리라는 건 누구나 예상할 수 있었다.

풍차 건설 사업에는 뜻밖의 어려움들이 뒤따랐다. 농장에는 좋은 석회암 돌산이 하나 있었고 딴채 한 곳에서는 모래와 시멘트가 다량 발견되어 공사에 필요한 자재들은 다 준비된 셈이었다. 그러나 처음 동물들이 해결할 수 없었던 것은 돌을 어떻게 적당한 크기로 깨는가 하는 문제였다. 곡괭이와 쇠지레를 쓰는 도리밖에 없지만 동물이 뒷발로 서서 일할 재간은 없었기 때문에 아무도 그런 도구를 사용하지 못했다. 몇 주일 헛수고를 한 다음 누군가의 머리에 좋은 생각이 떠올랐다. 중력의 힘을 이용한다는 생각이었다. 돌산 바닥에는 너무 커서 쓸모가 없는 둥근 돌들이 널려 있었다. 동물들은 큰 돌을 밧줄로 묶고 죽을힘을 다해 느릿느릿 비탈길의 꼭대기까지 끌고 올라갔다. 암소, 말, 양 할 것 없이 밧줄을 쥘 수 있는 동물은 빠짐없이 그 일에 매달렸고 가끔 결정적인 순간에는 돼지들도 합세했다. 그렇게 끌고 올라간 돌덩이를 꼭대기에서 아래로 밀면 돌이 바닥에 굴러떨어지면서 산산조각으로 깨졌다. 깨진 돌들을 공사장까지 나르는 일은 비교적 쉬웠다. 말들은 수레에 가득 돌을 실어 날랐고 양들은 돌덩이를 한 개씩 끌고 갔다. 염소 뮤리얼과 당나귀 벤저민까지도 헌 이륜마차를 끌고 자기네 몫을 수행했다. 늦여름께가 되자 그렇게 날라 온 돌들이 충분히 모였고 돼지들의 감독 아래 공사가 시작되었다.

느리고 힘든 과정이었다. 겨우 돌덩이 하나를 꼭대기까지 끌어올리는 데 꼬박 하루 동안 온 힘을 다 쏟아야 할 경우도 종종 있었다. 게다가 위에서 밀어 내린 돌이 깨지지 않을 때도 있었다. 복서가 없었다면 아무 일도 못 했을 것이다. 그의 엄청난 힘은 다른 동물들을 몽땅 합쳤을 때의 힘과 맞먹는 것 같아 보였다. 끌고 올라가던 돌덩이가 삐끗 미끄러져 내리면 밧줄을 끌던 동물들이 함께 질질 끌려 내려가면서 절망적인 비명을 질러 대곤 했는데 그럴 때마다 몸에 감은 밧줄을 혼신의 힘으로 버텨 돌을 멈추는 것은 복서였다. 숨을 헐떡이며 미끄러지지 않게 발굽으로 땅을 단단히 밟고 허리는 온통 땀투성이가 되어 한 발 한 발 비탈길로 돌덩이를 끌어 올리는 그의 모습은 동물들에게 경탄의 대상이었다. 이따금 클로버는 그런 복서에게 너무 무리하지 말라고 충고했지만 복서는 듣지 않았다. 그의 두 가지 슬로건인 "내가 더 열심히 한다."와 "나폴레옹은 언제나 옳다."가 그에게는 모든 문제에 대한 충분한 해답 같아 보였다. 그는 아침에 남들보다 삼십 분 먼저 일어나던 것을 십오 분 더 당겨 사십오 분 일찍 깨워 달라고 수평아리에게 다시 부탁해 놓았다. 잠시 쉴 틈이 생기면(요즘은 그럴 틈도 많지 않았지만) 그는 혼자서 돌산 채석장으로 가 깨진 돌을 한 수레 싣고 혼자 풍차 공사장으로 끌고 갔다.

고된 일에도 불구하고 그 여름 동물들의 삶은 그런대로 나쁘지 않았다. 먹는 것은 존스 시절에 비해 더 많은 편은 아니라 해도 최소한 그때보다 적은 편도 아니었다. 사치스러운 인간 다섯 명을 부양할 필요 없이 동물들만 먹이면 된다는 것은 보통 큰 이점이 아니어서 웬만한 실패가 있기 전에는 세상 어느 것도 좀체 그 이점을 압도할 수 없을 터였다. 또 동물들이 일하는 방식은 많은 점에서 인간들의 방식보다 더 효율적이고 노동도 더 많이 절약했다. 예를 들면 잡초 뽑기 같은 일은 인간이라면 전혀 불가능할 정도로 꼼꼼하게 진행되었다. 게다가 지금은 어느 동물도 도둑질을 하지 않았기 때문에 밭과 목장 사이를 담으로 막을 필요가 없었고 덕분에 울타리며 문들을 유지, 보존하는 데 드는 상당한 노동을 절약할 수 있었다. 하지만 여름을 지나는 동안 여러 가지 예측 못 했던 약점들도 나타나기 시작했다. 파라핀 기름, 못, 끈, 개 먹이 비스킷, 편자로 쓸 쇠 같은 것은 농장에서 생산할 수 있는 물건들이 아니었다. 얼마 후면 씨앗과 인공 비료가 필요할 것이고 거기다 여러 가지 도구들에 마침내는 풍차에 쓸 기계들도 필요할 터였다. 이것들을 어떻게 구입할 수 있을지 아무도 알지 못했다.

어느 일요일 아침, 동물들이 명령을 받기 위해 헛간에 모이자 나폴레옹은 새로운 정책 하나를 결정했다고 발표했다. 지금부터 동물농장은 인근 농장들과 거래를 트기로 하고, 이는 상업적 목적을 위해서가 아니라 긴급 물자들을 구입하기 위해서라는 발표였다. 풍차 건설 사업은 다른 모든 일에 우선한다고 나폴레옹은 말했다. 그래서 건초 한 더미와 금년에 수확한 밀 약간을 팔기로 조치했고, 나중에 돈이 더 필요하면 달걀을 팔아(윌링던에는 언제나 달걀 시장이 있었다.) 보충한다는 것이었다. 나폴레옹은 암탉들이 그런 희생을 풍차 건설을 위한 특별 공헌으로 알고 환영해야 할 것이라고 말했다.

다시 한번 동물들은 찜찜한 불안감에 휩싸였다. 인간들과는 절대로 거래하지 않는다, 장사에 손대지 않는다, 돈을 사용하지 않는다 하는 것들은 존스를 쫓아낸 직후의 승리감에 찬 첫 '회의' 때 통과된 결의가 아니던가? 동물들은 모두 그런 결의가 통과됐다고 기억하고 있거나 적어도 '기억하고 있다고 생각'했다. 나폴레옹이 '회의'를 폐지한다고 했을 때 대들던 젊은 식용 돼지 네 마리가 이번에도 쭈뼛쭈뼛 항의하고 나섰지만 개들이 무시무시한 소리로 으르렁거리는 통에 곧 입을 다물고 말았다. 그러자 여느 때처럼 양들이 "네 발은 좋고 두 발은 나쁘다."를 외쳤고 잠시 어색했던 분위기는 사라졌다. 나폴레옹은 발을 들어 조용히 하라는 몸짓을 해 보인 뒤 자기가 이미 필요한 준비를 모두 해 놓았다고 말했다. 농장 동물들이 직접 인간들과 접촉하는 것은 분명 바람직한 일이 아니므로 그 일은 전적으로 나폴레옹 자신이 책임지기로 한다는 것이었다. 윌링던에 사는 휨퍼라는 이름의 사무 변호사가 동물농장과 바깥 세계를 이어 주는 중개자 노릇을 해 주기로 했고 휨퍼 씨는 나폴레옹의 지시를 받기 위해 매주 월요일 아침 농장을 방문하기로 이미 합의되어 있었다. 나폴레옹은 늘 그러듯 "동물농장 만세!"를 외치고 연설을 끝냈다. 동물들은 「영국의 짐승들」을 합창한 뒤 해산했다.

나중에 스퀄러는 농장을 한 바퀴 돌면서 동물들의 심기를 달랬다. 그는 장사를 하지 않는다거나 돈을 사용하지 않는다는 결의안이 통과된 적은 없고 그런 안이 제기된 적조차 없다고 동물들을 안심시켰다. 그건 순수한 상상일 뿐이며 그런 상상이 생겨난 것은 틀림없이 스노볼이 초기에 퍼뜨린 거짓말 때문일 거라고 그는 말했다. 몇몇 동물이 여전히 믿을 수 없다는 듯 긴가민가하는 반응을 보이자 스퀄러는 날카롭게 추궁했다. "동무들, 그거 혹시 동무들이 잠결에 꾼 꿈 같은 거 아니오? 아니라고 장담할 수 있소? 동무는 그 결의에 관한 기록을 가지고 있소? 어디 그런 기록이 있소?" 아닌 게 아니라 그런 것이 문서 기록으로 존재하지 않는다는 건 사실이었다. 그럼 그렇겠지, 동물들은 자기들이 잘못 알고 있었다는 데 안도했다.

매주 월요일, 합의된 대로 휨퍼 씨가 농장을 방문했다. 그는 구레나룻을 기르고 교활해 뵈는 자그만 사내였다. 그는 사업 규모가 보잘것없는 사무 변호사였지만 동물농장이 조만간 중개인을 필요로 할 것이고 그 수수료가 꽤 짭짤할 것임을 누구보다도 일찍 간파했을 정도로 영리한 사람이었다. 동물들은 그가 농장에 들락거리는 것을 두려운 눈으로 지켜보면서 가급적이면 그를 피했다. 하지만 네 발 짐승 나폴레옹이 두 발의 인간 휨퍼에게 이래라저래라 명령을 내리는 광경은 동물들에겐 여간 자랑스럽지 않았고 이 때문에 그들은 나폴레옹의 새로운 조치에 대해서도 다소 호감을 갖게 되었다. 이제 동물들과 인간의 관계는 예전 같지 않았다. 물론 동물농장이 지금 잘나간다고 해서 그에 대한 인간들의 증오가 줄어든 것은 아니었다. 오히려 그 증오는 전보다 더 강했다. 인간들은 동물농장이 조만간 파산할 것이고 그 풍차 사업이란 것도 실패로 끝날 것이라 굳게 믿고 있었다. 그들은 술집에 모여 앉아 풍차가

서기도 전에 무너질 것이고 설혹 선다 하더라도 작동은 어림 없는 일이라며 그림까지 그려 가면서 자기네 주장을 서로 증명해 보이곤 했다. 그러나 그러면서도 인간들은 동물들이 효율적으로 농장을 꾸려 간다는 사실에 대해서는 내키지 않지만 어쩔 수 없이 어떤 존경 같은 것을 갖게 되었다. 그들이 그 농장을 더 이상 '메너 농장'이라 부르지 않고 정식 고유 명칭인 '동물농장'으로 부르기 시작했다는 것은 그런 존경의 한 징후였다. 게다가 이제 그들은 이전의 농장주 존스를 앞에 내세우지도 않았다. 이 무렵 존스는 농장을 되찾겠다는 희망을 버리고 다른 곳에 가서 살고 있었다. 중개인 휨퍼를 통한 거래 말고는 동물농장과 외부 세계 사이에 아직 아무런 직접 접촉이 없었다. 하지만 나폴레옹이 곧 폭스우드 농장의 필킹턴이나 핀치필드 농장의 프레더릭을 상대로 어떤 확실한 거래 관계를 트려 한다는 소문이 끊임없이 나돌았다. 그러나 무슨 이유에선지는 모르지만 동물농장이 이들 두 사람과 동시에 거래하는 일은 없을 것이라 했다.

농장의 돼지들이 갑자기 본채로 들어가 그곳을 자기네 거처로 삼은 것은 이 무렵의 일이었다. 다시 한번 동물들은 어떤 동물도 집 안에 들어가 살아서는 안 된다는 결의가 초기에 통과됐던 것 같다고 기억했고 이번에도 스퀼러가 나서서 그렇지 않다고 동물들을 납득시켰다. 스퀼러는 돼지들이야말로 농장의 머리 아니냐며 그러므로 그들에게는 조용히 일할 곳이 절대적으로 필요하다고 말했다. 그는 또 '지도자'(요즘 들어 그는 나폴레옹을 '지도자'라 불렀다.)의 품위 유지를 위해서는 돼지우리보다 가옥에 거처하는 것이 훨씬 격에 맞는다고 말했다. 하지만 돼지들이 인간처럼 본채 부엌에서 식사를 하고 응접실을 휴게실로 쓸 뿐 아니라 잠도 침대에서 잔다는 얘기가 들리자 몇몇 동물들은 심기가 복잡했다. 복서는 여느 때처럼 "나폴레옹은 언제나 옳다."라는 말로 그냥 넘어가려 했지만, 클로버는 침대 사용을 금지한 명확한 규칙이 있었다는 걸 자기는 기억한다고 '생각하고' 헛간으로 가서 벽에 쓰여 있는 일곱 계명을 읽어 보려 했다. 그러나 그녀는 자기가 읽을 수 있는 건 알파벳 낱글자들뿐이란 걸 알고 염소 뮤리얼을 데리고 왔다.

"뮤리얼, 저기 저 네 번째 계명 좀 읽어 줘. 침대에서 자면 안 된다고 쓰여 있는 거 아냐?"

뮤리얼은 약간 어렵다는 듯 더듬거린 끝에 계명을 읽어 내려갔다.

"'어떤 동물도 시트를 깔고 침대에서 자면 안 된다.'라고 되어 있어."

제4계명에 '시트'가 언급되어 있다는 걸 클로버가 기억하지 못하다니 이상한 일이었다. 그러나 벽에는 분명 그렇게 쓰여 있었고 그러므로 틀림없는 일이었다. 때마침 개 두세 마리를 거느리고 지나가던 스퀄러가 그 문제를 옳게 정리해 주었다.

"동무들은 우리 돼지들이 본채 침대에서 잔다는 얘길 들은 모양이구려. 그렇소. 침대에서 못 잘 이유라도 있소? 설마 동무들은 침대 사용을 금지한 규칙이 있다고 생각한 건 아니겠지? 침대란 단순히 잠자는 곳이야. 마구간의 짚단도 정확히 말하면 침대가 아니오? 규칙이 금지한 건 침대가 아니라 '시트'요. 시트란 인간이 만들어 낸 겁니다. 우린 본채 침대에서 시트를 걷어 내고 담요를 깔고 덮소. 물론 편안한 침대지. 하지만 동무들, 요즘 우리가 하고 있는 두뇌 노동을 생각해 보시오. 그 정도의 편안함은 오히려 충분치 않아요. 동무들이 설마 우릴 쉬지도 못하게 하려는 건 아닐 테지요? 우리 돼지들이 피곤에 지쳐 의무를 다하지 못하는 꼴을 보고 싶은 거요? 설마 그런 건 아니겠지요? 존스가 돌아오길 바라는 것도 아닐 테고요?"

물론 절대로 그런 건 아니라며 동물들은 그 자리에서 스퀼러에게 다짐했고, 그렇게 해서 돼지들이 본채 침대에서 자는 문제는 더 이상 거론되지 않았다. 그로부터 며칠 후, 돼지들이 이제부터는 다른 동물들보다 아침에 한 시간 늦게 일어나기로 한다는 발표가 나왔을 때에도 동물들은 아무 불평도 하지 않았다.

가을이 올 때쯤 동물들은 몸은 고달팠으나 마음은 행복했다. 힘든 일 년이었고 건초와 옥수수 일부를 판 뒤라 겨우살이 식량도 결코 넉넉하달 수 없는 형편이었지만 풍차가 모든 것을 보상해 주었다. 공사는 거의 절반쯤 진행된 상태였다. 추수가 끝난 뒤 얼마 동안 맑고 건조한 날씨가 계속되었다. 동물들은 어느 때보다 열심히 일했다. 풍차 건물 벽을 한 치라도 더 높일 수 있다면 온종일 채석장과 공사장 사이를 오가며 돌덩이를 나르는 일이야말로 정말이지 보람 있는 노동이라 생각하면서. 복서는 심지어 밤중에도 나와서 추석 달빛 아래 한두 시간씩 혼자 일했다. 잠시 짬이 나면 동물들은 반쯤 완성된 풍차 건물 주위를 돌면서 힘 있어 뵈는 수직의 벽면에 탄성을 올리기도 하고 자기들이 그처럼 당당한 구조물을 만들어 올릴 수 있었다는 데 스스로 놀라기도 했다. 열광하지 않는 건 오직 늙은 당나귀 벤저민뿐이었다. 물론 그는 당나귀는 오래 산다는 그 알쏭달쏭한 한마디 외에는 어떤 말도 하지 않았지만 말이다.

세찬 남서풍을 몰고 11월이 왔다. 날씨가 너무 습해서 시멘트를 섞을 수 없었기 때문에 공사는 잠시 중단됐다. 그러다 어느 날 밤 강풍이 불어닥쳐 농장 축사들을 뒤흔들었고 헛간 지붕의 타일 몇 장이 떨어져 나갔다. 암탉들이 겁에 질려 꼬꼬댁거리며 잠을 깼다. 먼 데서 대포가 터지는 꿈을 모든 암탉이 거의 동시에 꾸었기 때문이다. 아침에 동물들이 우리에서 나와 보니 깃발 게양대가 자빠져 있고 과수원 아래쪽의 느릅나무 하나가 무 뽑히듯 뿌리째 뽑혀 넘어져 있었다. 넘어진 나무를 보고 있던 동물들의 목구멍에서 이번에는 절망적인 비명이 터져 나왔다. 놀라운 광경이 눈앞에 펼쳐져 있었다. 풍차가 무너진 것이었다.

동물들은 일제히 현장으로 달려갔다. 좀체 뛰는 일이 없는 나폴레옹이 선두에서 달렸다. 그랬다. 그들의 모든 투쟁의 열매인 풍차가 바닥까지 산산이 무너지고 그들이 그토록 힘들여 깨고 운반한 돌들은 사방에 흩어져 있었다. 동물들은 모두 말문이 막혀 무너진 돌무더기들을 슬픈 눈으로 바라보았다. 나폴레옹은 잠자코 앞뒤로 오락가락하면서 이따금 땅에 코를 대고 킁킁 냄새를 맡았다. 그의 꼬리가 굳어지고 좌우로 심하게 씰룩거렸다. 격렬한 정신 활동이 일어나고 있다는 신호였다. 마음을 정하기라도 한 듯 그는 문득 발을 멈추었다.

"동무들." 그가 낮은 소리로 말을 시작했다. "이게 누구 소행인지 아시오? 밤중에 숨어들어 우리 풍차를 무너뜨린 적이 누군지 아시오? 스노볼이오, 스노볼!" 그의 목소리가 갑자기 천둥치듯 높아졌다. "이건 스노볼의 짓이오. 그 반역자는 앙심을 품고 우리 일을 망가뜨리기 위해서, 그리고 자신이 당한 부끄러운 추방을 앙갚음하기 위해서 야음을 타고 여기 숨어들어 우리가 근 일 년 동안 공들여 세운 풍차를 파괴한 겁니다. 동무들, 나는 지금 이 자리에서 스노볼에게 사형을 선고하는 바이오. 누구든 그를 처단하는 자에게는 '동물 영웅 이등 훈장'과 사과 반 말을 주고 생포해 오는 자에게는 사과 한 말을 주겠소."

스노볼이 이런 짓을 할 수 있다니, 동물들이 받은 충격은 이루 말할 수 없었다. 분노의 소리가 터져 나왔고 모두들 스노볼이 다시 숨어든다면 어떻게 잡을까 궁리해 보기 시작했다. 둔덕으로부터 조금 떨어진 풀밭에서 돼지 발자국들이 발견되었다. 발자국 흔적은 겨우 몇 미터 이어지고는 끊겨 있었지만 방향은 울타리 구멍 쪽인 것 같았다. 나폴레옹은 한참 발자국 냄새를 맡아 보다가 스노볼이 틀림없다고 말했다. 그는 스노볼이 틀림없이 폭스우드 농장 쪽에서 넘어 들어왔을 것이라는 의견을 제시했다.

발자국 조사가 끝나자 나폴레옹이 말했다. "동무들, 더 이상 지체할 수 없소. 우리에겐 할 일이 있소. 오늘 아침 우리는

풍차 재건을 개시해서 겨울 내내 날씨가 좋건 비가 오건 공
사를 계속할 것이오. 그 가증스러운 반역자에게 우리 일을 그
리 쉽게 망가뜨릴 수 없다는 걸 가르쳐 줍시다. 동무들, 모두
기억하시오. 우리 계획에 변동은 없소. 승리의 날까지 우리는
그 계획을 밀고 갈 것이오. 전진합시다, 동무들! 풍차 만세! 동
물농장 만세!"

7

혹독한 겨울이었다. 바람이 세차게 불고 나면 이어 눈과 진눈깨비가 쏟아졌고 단단한 얼음은 2월 중순이 되어도 녹지 않았다. 동물들은 풍차 재건에 온 정성을 쏟았다. 바깥 세계가 지켜보고 있고 풍차가 제때에 완공되지 않으면 동물농장을 시기하는 인간들이 여봐란듯이 즐거운 환성을 올릴 것임을 그들은 잘 알고 있었기 때문이다.

앙심을 품은 인간들은 스노볼이 풍차를 무너뜨렸다는 건 일부러 믿지 않는 척하면서 풍차가 무너진 건 벽을 너무 얇게 쌓아 올렸기 때문이라고 말하고 다녔다. 그게 사실이 아님을 동물들은 알고 있었다. 하지만 동물들은 지난번 45센티미터였던 벽면 두께를 이번에는 90센티미터로 늘리기로 했다. 이는 돌이 그만큼 더 많이 들어가야 한다는 얘기였다. 채석장에는 눈더미가 쌓여 한동안 아무 일도 할 수 없었다. 건조하고 추운 날씨에도 불구하고 약간의 진척이 있었지만 겨울철 공사는 가혹했고 동물들은 이전처럼 그 일에 대해 넘치는 희망을 가질 수 없었다. 그들은 늘 춥고 늘 배가 고팠다. 복서와 클로버만이 용기를 잃지 않았다. 스퀼러가 봉사의 기쁨과 노동의 존엄성에 대해 찬란한 연설을 했지만 다른 동물들은 그 연설보다는 복서의 엄청난 힘과 "내가 더 열심히 한다."라는 그의 줄기찬 슬로건에서 더 큰 힘을 얻었다.

1월이 되자 식량이 바닥나기 시작했다. 옥수수 배급량은 크게 줄었고 이를 보충하기 위해 감자를 더 나눠 준다는 발표가 있었다. 그러나 알고 보니 감자는 구덩이 흙을 충분히 덮지 않아 거의 모두 얼어 빠진 상태였다. 감자들은 물렁물렁 색이 변하고 그나마 추려서 먹을 만한 것은 겨우 몇 개뿐이었다. 동물들은 몇 날 며칠 여물과 사탕무만 먹고 지낼 때도 있었다. 굶주림이 빤히 그들을 노려보고 있는 것 같았다.

그러나 농장의 이런 사정은 바깥 세계가 알지 못하게 감출 필요가 있었다. 풍차 붕괴 소식에 힘을 얻은 인간들은 동물농장에 대한 거짓말들을 새로 지어 퍼뜨리기 시작했다. 다시 한 번 그들은 농장 동물들이 지금 굶주림과 질병으로 죽어 가고 있고 싸움질은 그칠 날 없고 서로 잡아먹고 어린 것들을 죽여서 먹는 일이 벌어지고 있다는 둥의 얘기를 지어냈다. 나폴레옹은 농장의 식량 사정이 외부에 알려질 경우 어떤 나쁜 결과가 올지 잘 알았기 때문에 중개인 휨퍼 씨를 이용해서 반대되는 인상을 퍼뜨리기로 작정했다. 동물들은 매주 월요일에 한 번씩 농장을 방문하는 휨퍼 씨와는 지금까지 접촉이 전혀 없거나 거의 없는 편이었다. 그러나 지금은 동물 몇몇(대개 양 몇 마리)이 선발되어 휨퍼 씨가 듣는 자리에서 어쩌다 우연히 나온 말인 양 요새 식량 배급량이 늘었다고 얘기하라는 지시가 떨어져 있었다. 또 나폴레옹은 거의 텅텅 빈 광의 식량 통들을 모래로 가득 채우고 그 위에 아직 조금 남은 알곡과 옥수수 가루를 살짝 덮어 두라고 명령했다. 나폴레옹은 적당한 구실로 휨퍼 씨를 광에 데리고 가서 식량이 가득 담긴 통들을 볼 수 있게 했다. 휨퍼 씨는 속아 넘어갔고 동물농장에 식량 기근 같은 것은 없다고 외부에 계속 알렸다.

그렇지만 1월 말이 되어 가자 곡물을 어디서 더 구입해 오지 않으면 안 된다는 사실이 명백해졌다. 이 무렵 나폴레옹은 공개 석상에는 좀체 나타나지 않고 본채에 틀어박혀 지냈다. 험상궂은 개들이 본채의 문이란 문은 모두 지키고 서 있었다. 모처럼 나폴레옹이 집 밖으로 나올 때는 개 여섯 마리의 호위를 받았는데, 그 모습은 꼭 무슨 의식을 치르기 위한 행차 같아 보였다. 개들은 그를 바싹 에워싸고 호위하면서 누구든 가까이 접근하면 으르렁거렸다. 나폴레옹은 일요일 아침의 모임에도 자주 불참했고 누구 다른 돼지, 대개는 스퀄러를 시켜 명령을 전달했다.

어느 일요일 아침 스퀄러는 때마침 알을 낳으러 들어온 암탉들에게 달걀을 모두 내놓아야 한다고 발표했다. 나폴레옹이 휨퍼를 통해 주당 달걀 400개씩을 팔기로 계약한 것이다.

그 달걀 값이면 농장 형편이 풀릴 여름까지 충분한 알곡과 가루를 구입할 수 있을 터였다.

　그러나 그 발표를 들은 암탉들이 소리를 지르며 대들었다. 암탉들은 달걀 헌납이 필요하게 될지도 모른다는 말을 일찍이 들은 적이 있었지만, 정말로 그런 사태가 벌어지리라고는 생각지 않았던 것이다. 암탉들은 봄철의 병아리 부화 시기에 맞춰 품을 알들을 이제 막 모으고 있던 참이었다. 그런데 지금 그 알들을 앗아 가는 건 병아리 살해 행위라고 그들은 항의했다. 존스를 몰아낸 이후 처음으로 농장에는 반란 비슷한 기운이 감돌았다. 나폴레옹의 요구를 물리치기 위해 암탉들은 세 마리 젊은 블랙미노카종 암탉들의 지휘 아래 결연히 행동했다. 그들의 저항 방법은 서까래로 날아 올라가 거기서 알을 낳는 것이었다. 그러면 알들은 서까래에서 바닥으로 떨어져 산산이 깨졌다. 나폴레옹은 신속하고 사정없이 이에 대응했다. 그는 암탉들의 식량 배급을 중지시키도록 명령하고 어느 동물이건 암탉들에게 옥수수 한 알이라도 주었다가는 죽음을 면치 못할 것이라 선포했다. 개들이 이 명령의 준수 여부를 감시했다. 암탉들은 닷새를 버티다가 마침내 항복하고 닭장으로 돌아갔다. 그사이 암탉 아홉 마리가 죽었다. 죽은 닭들은 과수원에 묻혔는데 그들은 '콕시디아'증이라는 병에 걸려 죽은 것으로 발표되었다. 휨퍼는 이번 사건에 대해 아무 얘기도 듣지 못했고 달걀은 계약대로 그의 손에 넘겨졌다. 식품점의 유개 마차 한 대가 일주일에 한 번씩 농장에 와서 달걀들을 실어 갔다.

그사이 스노볼의 행적은 눈에 띄지 않았다. 들리는 소문으로는 그가 인근의 폭스우드 농장이나 핀치필드 농장에 숨어 있다는 것이었다. 이 무렵 나폴레옹과 이들 두 이웃 농장 주인들의 관계는 전보다 약간 나아진 편이었다. 마침 농장 마당에는 십 년 전 너도밤나무 숲을 잘라 냈을 때 생긴 목재 한 더미가 쌓여 있었는데 십 년 세월이 지나는 동안 목재가 잘 말랐고 휨퍼가 나폴레옹에게 그 목재를 팔도록 종용했다. 이웃 농장주들인 필킹턴과 프레더릭이 그 목재를 몹시 사고 싶어 한다는 얘기였다. 나폴레옹은 둘 중 누구에게 팔까 망설이며 마음을 정하지 못하고 있었다. 그가 프레더릭에게 목재를 넘기기로 거의 결정을 보고 나면 프레더릭의 농장인 핀치필드에 스노볼이 숨어 있다는 소리가 들렸고, 필킹턴 쪽으로 마음이 기울라치면 필킹턴의 농장인 폭스우드에 스노볼이 숨어 있다는 얘기가 들려왔기 때문이다.

그런데 이른 봄 어느 날 놀라운 일이 하나 발견되었다. 스노볼이 그동안 밤을 틈타 몰래 농장을 수없이 들락거렸다는 것이다. 동물들은 밤이면 불안해서 도통 잠을 잘 수가 없었다. 매일 밤 스노볼이 어둠을 타고 농장에 들어와 옥수수를 훔치고 우유 통을 엎고 달걀을 깨뜨리고 묘판을 짓밟고 과수나무 껍질을 이빨로 물어뜯는다는 얘기였다. 뭐든 잘못된 일이 있으면 모두 "스노볼이 그랬다."가 되었다. 창문이 깨지거나 배수구가 막혀도 꼭 누군가가 나서서 지난밤 스노볼이 들어와서 그랬다고 말했다. 광 열쇠를 잃어버렸을 때에도 온 농장은 스노볼이 열쇠를 우물에 던져 넣었다고 확신했다. 그 열쇠는 나중에 식량 가루를 담아 둔 자루 밑에서 발견되었지만, 희한하게 동물들은 그 후에도 스노볼이 열쇠를 우물에 던졌다는 얘기를 여전히 믿었다. 암소들은 스노볼이 외양간으로 숨어들어 잠든 암소들의 젖을 짰다고 이구동성으로 주장했다. 그해 겨울 여러 가지 말썽을 피우던 쥐들이 실은 스노볼의 동맹이라는 얘기도 나왔다.

나폴레옹은 스노볼의 행위를 전면 조사한다고 선포했다. 그는 농장의 모든 건물과 축사들을 자세히 조사한다며 개들을 거느리고 시찰에 나섰다. 다른 동물들은 불경스럽지 않게 일정한 거리를 두고 그 뒤를 따랐다. 나폴레옹은 몇 발짝 걷다가는 멈추어 서서 스노볼이 발을 디딘 흔적이 있나 없나 땅냄새를 맡았다. 냄새로 알 수 있다고 그는 말했다. 헛간, 외양간, 닭장, 채소밭 할 것 없이 그는 농장 구석구석을 냄새 맡았고 가는 데마다 스노볼의 흔적을 발견했다. 그는 코를 땅에 대고 몇 번 깊숙이 냄새를 맡아 보다가 "스노볼이야! 그가 여기도 왔다 갔어! 분명 그자의 냄새야!" 하고 큰 소리를 질러 대곤 했다. 그의 입에서 '스노볼'이란 이름이 튀어나올 때마다 개들은 이빨을 드러내고 등골을 오싹하게 하는 소리로 그르렁거렸다.

동물들은 완전히 겁에 질렸다. 스노볼이 마치 보이지 않는 유령처럼 허공을 떠다니며 온갖 위험한 일로 그들을 위협하고 있는 것 같아 보였다. 저녁이 되자 스퀼러가 동물들을 소집했다. 그는 놀랍다는 표정으로 중대 뉴스가 있다고 말했다.

"동무들." 스퀼러가 다소 흥분한 듯 이리저리 서성대며 말을 시작했다. "아주 놀라운 일이 하나 발견되었소. 핀치필드 농장의 프레더릭은 지금도 우리를 공격해서 농장 뺏을 음모를 꾸미고 있는 자요. 그런데 스노볼이 그 프레더릭한테 붙어서 공격이 개시되면 안내 역할을 맡기로 했다는 겁니다. 그리고 그보다 더 고약한 일이 있소. 우리는 스노볼이 허영과 야심 때문에 반란을 획책했다고만 생각하고 있었소. 그런데 동무들, 그게 아니었소. 진짜 이유가 뭔지 아시오? 스노볼은 처음부터 존스와 동맹을 맺고 있었다는 겁니다. 그는 그동안 줄곧 존스의 밀정이었소. 이 사실은 스노볼이 남기고 달아난 문서에서 밝혀진 겁니다. 그 문서는 최근에 발견되었어요. 동무들, 이는 많은 것을 설명해 줍니다. '외양간 전투' 때 스노볼이 어떤 식으로 우리 동물들의 패배를 기도했는지 이제 분명해지지 않았소?"

동물들은 놀라 어안이 벙벙했다. 정말 그랬다면 그건 풍차 파괴 행위보다 훨씬 더 고약한 짓이 아닌가? 하지만 동물들이 스퀼러의 설명을 받아들이는 데는 약간의 시간이 필요했다. 동물들은 '외양간 전투' 때 스노볼이 앞장서서 돌격하던 걸 두 눈으로 똑똑히 보았고 그가 고비마다 동물들을 고무하고 격려하던 일, 등에 존스의 총을 맞고서도 지체하지 않고 돌진하던 일을 모두 기억하거나 적어도 기억하고 있다고 생각했다. 그런데 그 스노볼이 존스의 편이었다니, 동물들은 앞뒤가 맞게 그림을 짜 맞추기가 어려웠다. 좀체 질문하지 않는 복서까지도 뭐가 뭔지 알 수 없었다. 그는 앞발을 괴고 앉아 눈을 감고 머릿속 생각을 정리하느라 한참 애를 썼다.

"난 믿을 수 없소." 복서가 말했다. "스노볼은 '외양간 전투' 때 용감하게 싸웠어요. 내 눈으로 보았소. 전투가 끝나고 우리가 그에게 '동물 영웅 일등 훈장'을 주지 않았소?"

"그건 우리의 실수였소, 동무. 사실인즉 그는 우리의 패배를 기도하고 있었던 거요. 이건 그가 남긴 비밀문서에 모두 적혀 있는 사실이고 이제 우린 진실을 알게 되었소."

"하지만 그는 부상까지 당하지 않았소?" 복서가 다시 말했다. "우린 그가 피를 흘리며 돌진하는 걸 보았소."

"그것도 서로 짜고 한 짓이야!" 스퀼러가 큰 소리로 말했다. "총알은 스노볼의 등을 살짝 스치고 지나갔을 뿐이오. 그게 다 짜고 한 일이란 건 스노볼 자신의 문서에 적혀 있소. 동무가 읽을 수 있다면 그 문서를 보여 줄 수도 있소. 결정적인 순간에 후퇴 신호를 보내고 싸움터를 적에게 넘겨주자는 것이 그의 음모였소. 그가 성공할 뻔했지요. 아니, 우리의 영웅적 지도자 나폴레옹 동무가 아니었다면 스노볼의 음모는 성공했을 겁니다. 존스 일당이 마당으로 들어왔을 때 스노볼이 갑자기 돌아서 달아났고 많은 동물들이 뒤따라 도망쳤던 걸 여러분은 기억하지 않소? 그리고 바로 그 순간 나폴레옹 동무가 달려 나와 '인간들에게 죽음을!' 하고 외치며 존스의 다리에 이빨을 박아 넣었던 것도 여러분은 기억하고 있지 않소?" 스퀼러가 좌우로 깡충깡충 뛰어다니며 말했다.

그가 당시의 전투 장면을 아주 생생하게 묘사하자 동물들은 정말 그랬던 것 같다는 생각이 들었다. 어쨌거나 그날 전투의 결정적인 순간에 스노볼이 뒤돌아 달아났다는 건 그들도 기억했다. 그러나 복서는 여전히 마음이 개운치 않았다.

"난 스노볼이 처음부터 반역자였다고는 생각지 않아요. 그 후에 그가 한 짓은 어떨지 모르지만. '외양간 전투' 때의 그는 좋은 동무였소."

"우리의 지도자 나폴레옹 동무께서는……." 하고 스퀼러가 아주 천천히 그러나 단호하게 말했다. "스노볼이 처음부터 존스의 첩자였고 동물들의 반란이 계획되기 오래전부터 첩자 노릇을 했다고 단언하셨소. 그래요, '단언적으로' 그렇게 말씀하셨소."

"아, 그렇다면 얘기가 다르지. 나폴레옹 동무가 그렇다고 하면 그건 틀림없는 일이야." 복서가 말했다.

"동무는 참으로 진정한 정신의 소유자요!" 스퀼러가 복서를 추어주었지만 그의 반짝거리는 작은 눈이 퍽 험악한 시선을 복서에게 던지고 있다는 걸 알 수 있었다. 그는 돌아서 나가려다 말고 인상적인 몇 마디를 덧붙였다. "나는 우리 농장 동물들에게 모두 눈을 크게 뜨고 있으라고 경고하는 바이오. 이 순간에도 스노볼의 첩자들이 우리 중에 숨어 있다는 걸 우린 알고 있어요."

그로부터 나흘 후, 나폴레옹은 오후 느지막이 모든 동물들에게 집합 명령을 내렸다. 동물들이 모두 모이자 나폴레옹은 메달 두 개를 달고(그는 '동물 영웅 일등 훈장'과 '동물 영웅 이등 훈장'을 최근 자기 자신에게 수여했다.) 본채에서 나타났다. 덩치 큰 개 아홉 마리가 나폴레옹을 에워싸고 그르렁대며 뛰어다녔다. 개들의 그 으르렁거리는 소리를 듣기만 해도 동물들은 온

몸이 오싹했다. 어떤 무서운 일이 이제 곧 벌어지리라는 걸 예감이나 한 듯 동물들은 잠자코 제자리에 가서 움츠리고 섰다.

나폴레옹은 일동을 주욱 한번 엄한 눈으로 훑어보다가 꽤액 하고 높은 소리를 내질렀다. 순간 개들이 달려 나와 돼지 네 마리의 귀를 덥석 물고 앞으로 끌고 나갔다. 돼지들은 아픔과 공포로 꿱꿱거리며 나폴레옹 앞으로 끌려갔다. 돼지들의 귀에서 피가 흘렀다. 피 맛을 본 개들은 잠깐 제정신이 아닌 것 같았다. 그중 세 마리가 복서를 향해 달려드는 걸 보고 동물들은 모두 깜짝 놀랐다. 개들이 덤벼들자 복서는 커다란 발굽을 들어 그중 한 마리를 허공에서 낚아채 발굽 밑으로 깔고 섰다. 개는 살려 달라고 비명을 내질렀고 다른 개 두 마리는 뒷다리 사이로 꼬리를 내리고 도망쳤다. 복서는 개를 깔아 죽여야 할지 놓아주어야 할지 알고 싶다는 듯 나폴레옹을 쳐다보았다. 나폴레옹은 잠깐 얼굴색이 변하는 듯하다가 개를 놔주라고 복서에게 엄하게 명령했다. 복서가 발굽을 들어 주자 개는 길게 한 번 울부짖으며 상처 난 몸을 빼어 달아났다.

소란은 금세 조용해졌다. 끌려 나간 돼지 네 마리는 자기들이 지은 죄를 온 얼굴에 조목조목 써 놓은 듯한 모습으로 벌벌 떨며 서 있었다. 나폴레옹은 그들에게 죄를 자백하라고 명령했다. 그들은 나폴레옹이 일요일 '회의'를 폐지한다고 했을 때 항의하고 나섰던 바로 그 돼지들이었다. "어서 말해!"라는 명령이 떨어질 필요도 없었다. 돼지들은 스노볼이 추방된 후 지금까지 줄곧 그와 비밀리에 접촉해 왔고, 그 스노볼과 짜고 풍차를 무너뜨렸을 뿐 아니라 동물농장을 프레더릭에게 넘겨

주기로 스노볼과 공모했다고 순순히 자백했다. 그들은 또 스노볼이 지난 몇 년간 존스의 비밀 첩자였음을 제 입으로 은밀히 인정했다고 덧붙였다. 자백이 끝나자 개들이 달려들어 돼지들의 목을 물어뜯었다. 나폴레옹은 또 자백할 것이 있는 동물은 앞으로 나오라고 서슬 푸르게 명령했다.

달걀 사건 때 반란을 주도했던 암탉 네 마리가 나와 스노볼이 그들의 꿈에 나타나서 나폴레옹의 명령에 불복하도록 사주했다고 진술했다. 그들 역시 처형되었다. 그러자 이번에는 거위 한 마리가 나와서 자신이 작년 추수 때 옥수수 이삭 여섯 개를 훔쳐 밤에 먹어 치웠다고 자백했다. 이어 양 한 마리가 자기는 먹는 물 웅덩이에 오줌을 쌌는데 그건 스노볼이 시킨 짓이었다고 말했다. 양 두 마리는 자기들이 기침병에 걸린 늙은 숫양 하나(그 숫양은 나폴레옹의 헌신적 추종자였다.)를 화톳불 주위로 뱅뱅 몰아 살해했다고 자백했다. 이들도 모두 즉석에서 도살당했다. 자백과 처형은 그런 식으로 계속되었다. 나폴레옹의 발 앞에는 죽은 동물들의 시체가 쌓이고 존스 축출 이후 처음으로 농장에는 피 냄새가 진동했다.

처형이 끝나자 돼지와 개 들을 제외한 나머지 남은 동물들은 한 덩어리가 되어 마당을 빠져나갔다. 그들은 큰 충격을 받았고 기분이 비참했다. 그들은 스노볼과 한패가 된 동물들의 반역이 더 충격적인 것인지, 아니면 방금 목격한 참혹한 보복이 더 충격적인 것인지 알 수 없었다. 과거 존스 시절에도 이에 못지않게 끔찍한 도살 장면들이 자주 있었지만 오늘 사건은 동물들 사이에서 일어난 것이었기 때문에 그들에게는 훨씬 더 고약스러워 보였다. 존스가 쫓겨나고 지금까지 농장에서는 어떤 동물도 다른 동물을 죽이지 않았다. 쥐 한 마리도 살해된 일이 없었다. 동물들은 풍차 공사가 반쯤 진행된 작은 둔덕으로 향했다. 거기서 그들은 마치 서로 따스한 온기를 얻기 위해 붙어 앉듯 일제히 한곳에 웅크리고 앉았다. 클로버, 뮤리얼, 벤저민, 암소와 양 들, 농장의 모든 거위와 암탉 들 모두가. 고양이만 보이지 않았다. 그녀는 나폴레옹의 집합 명령이 있기 직전에 갑자기 어디로 사라지고 없었다. 한동안 아무도 말이 없었다. 복서만이 혼자 서 있었다. 그는 길고 검은 꼬리를 허리 쪽으로 휘두르며 이따금 놀라움을 금할 수 없다는 듯 작은 소리로 히힝거리면서 이리저리 서성댔다. 한참만에 그가 말문을 열었다.

"정말 모를 일이야. 이런 일이 우리 농장에서 일어나다니. 우리 자신이 뭔가 잘못돼 있어. 내 생각으론 더 열심히 일하는 것만이 해결책인 것 같아. 지금부터 난 아침에 한 시간 먼저 일어나야겠어."

그러면서 그는 채석장을 향해 육중한 걸음을 내디뎠다. 거기서 그는 연거푸 두 수레분의 돌을 실어 풍차 공사장으로 나르고 나서야 눈을 붙이기 위해 마구간으로 돌아갔다.

동물들은 여전히 클로버를 에워싼 채 말없이 둔덕에 웅크리고 앉아 있었다. 그들이 앉아 있는 둔덕에서는 그 일대의 넓은 시골 풍경이 내려다보였다. 농장도 거의 한눈에 들어왔다. 한길로 뻗은 기다란 목초지, 꼴밭, 잡목림, 마시는 물 웅덩이, 어린 밀 이삭들이 푸른색으로 살찌고 있는 밭들, 굴뚝에서 연기가 모락모락 오르는 농장 건물들의 빨간 지붕. 맑게 갠 봄날 저녁이었다. 불쑥 솟아 있는 울타리와 근처 잔디가 저녁 햇살에 황금빛으로 물들어 있었다. 동물들의 눈에는 농장이 지금처럼 탐스러워 보인 적이 없었고 그 농장이 고스란히 자기네 것이라는 생각이 들자 동물들은 새삼 놀라웠다. 언덕 아래를 내려다보는 동안 클로버의 눈에 눈물이 고였다. 자기 생각을 제대로 표현할 수 있었다면 클로버는 여러 해 전 동물들이 인간을 타도하기로 했을 때 일이 이 지경이 되는 꼴을 보고 싶어서 그랬던 것은 아니라는 말을 했을 것이다. 오늘 있었던 공포와 살육의 장면들은 늙은 메이저가 그들에게 반란을 사주했던 밤 그들이 꿈꾸고 기대했던 일이 아니었다. 그녀의 머릿속에 담긴 미래의 그림이 있었다면 그것은 굶주림과 회초리에서 벗어난 동물들의 사회, 모든 동물이 평등하고 모두가 자기 능력에 따라 일하는 사회, 메이저의 연설이 있던 밤 그녀가 새끼 오리들을 보호해 주었듯 강자가 약자를 보호해 주는 사회였다. 그런데 그 사회 대신 찾아온 것은, 아무도 자기 생각을 감히 꺼내 놓지 못하고 사나운 개들이 으르렁거리며 돌아다니고 동물들이 무서운 죄를 자백한 다음 갈가리 찢겨 죽는 꼴을 보아야 하는 사회였다. 왜 그렇게 된 건지 그녀로선 알 수 없었다. 그녀가 반란이나 불복종을 생각하는 건 아니었다. 과거 존스 시절에 비하면 그래도 지금이 훨씬 낫다는 걸 그녀는 알았고 인간들이 돌아오지 못하게 하는 일이 무엇보다 필요하다는 것도 그녀는 알았다. 무슨 일이 있어도 그녀는 여전히 이 동물농장에 충성하고 열심히 일하고 주어진 명령을 수행하고 나폴레옹의 영도를 받아들일 터였다. 하지만 그녀를 비롯해서 농장의 동물들이 바랐던 것은 오늘 같은 날이 아니었고 허리가 휘게 일한 것도 이런 날을 위해서가 아니었다. 풍차를 세우고 존스의 총 앞에 대든 것은 이런 날을 위해서가 아니었다. 비록 표현할 말을 찾지는 못했지만 지금 그녀의 머릿속에 맴도는 건 그런 생각들이었다.

마침내 그녀는 그 찾지 못한 말들을 대신해 줄 것은 노래뿐이라는 생각이 들어 「영국의 짐승들」을 노래하기 시작했다. 다른 동물들도 따라 불렀다. 그들은 세 번 연달아 천천히, 슬프게 그 노래를 불렀다. 그들이 그런 식으로 「영국의 짐승들」을 불러 보기는 이번이 처음이었다.

세 번째 연창이 막 끝났을 때 스퀼러가 개 두 마리를 거느리고 뭔가 중요한 일이 있다는 듯 그들 쪽으로 다가왔다. 그는 나폴레옹 동무의 특별 포고에 따라 「영국의 짐승들」 노래가 그날로 폐지된다고 말했다. 지금부터 그 노래를 부르는 건 금지된다는 것이었다.

동물들은 놀랐다.

"왜 금지시키는 거죠?" 염소 뮤리얼이 물었다.

"그 노래는 이제 더 이상 필요하지 않아요, 동무들." 스퀼러가 딱딱한 어조로 말했다. "「영국의 짐승들」은 '반란' 때의 노래였소. 그러나 반란은 이제 완수되었소. 오늘 오후 반역자들을 처단한 것이 최종 행동이오. 우리는 안팎의 적들을 모두 패퇴시켰소. 「영국의 짐승들」에서 우리는 미래의 좋은 사회에 대한 동경을 표현했더랬소. 그러나 그 사회는 성취되었소. 따라서 그 노래는 이제 어떤 목적도 갖고 있지 않소."

겁을 먹고는 있었지만 몇몇 동물들은 항의를 하고 싶은 심정이었다. 그러나 바로 그 순간 양들이 또 그 "네 발은 좋고 두 발은 나쁘다."를 수분간 외쳐 댔고 그 통에 토론할 시간은 없어졌다.

그렇게 해서 「영국의 짐승들」은 그날 이후 들리지 않게 되었다. 그 대신 시를 쓰는 돼지 미니무스가 다른 노래를 하나 작곡했는데 이런 것이었다.

동물농장이여, 동물농장이여,
나는 그대에게 해를 입히지 않으리!

매주 일요일 아침 깃발 게양이 끝나면 동물들은 그 새 노래를 불렀다. 그러나 동물들이 보기엔 새 노래의 가사나 곡조가 모두 「영국의 짐승들」만 못한 것 같았다.

8

　며칠 후, 처형이 몰고 온 공포가 다소 누그러지면서 일부 동
물들은 '일곱 계명'의 여섯 번째 계명이 "어떤 동물도 다른 동
물을 죽여서는 안 된다."라고 명령했던 것을 기억하거나 기억하
고 있다고 생각했다. 돼지들과 개들이 듣는 자리에서는 아무도
감히 그 얘기를 꺼내지 못했지만 동물들은 며칠 전 있었던 동
물 살육이 아무래도 제6계명에 맞지 않는다는 느낌이었다. 클
로버는 제6계명을 좀 읽어 달라고 당나귀 벤저민에게 부탁했
다. 그러나 벤저민은 자기로선 그런 일에 끼어들고 싶지 않다
며 거절했다. 클로버는 뮤리얼을 데려왔다. 뮤리얼이 제6계명을
읽어 주었다. 계명은 "어떤 동물도 '이유 없이' 다른 동물을 죽
여서는 안 된다."로 되어 있었다. 어찌 된 일인가. 그 '이유 없이'

라는 두 단어를 동물들은 기억하지 못했던 것이다. 그러나 그들은 그 두 단어가 있는 한 일전의 살육이 계명 위반이 아님을 알 수 있었다. 스노볼과 한 패거리가 된 반역꾼들을 죽이는 건 분명 이유 있는 일이었으니까.

그해 내내 동물들은 전해보다 훨씬 더 열심히 일했다. 벽 두께를 두 배로 늘리고, 농장의 일상적인 일은 그 일대로 하면서 정해진 날짜에 맞춰 풍차를 재건한다는 건 엄청난 노동이었다. 일은 더 많이 하면서도 먹는 것은 존스 시절보다 나을 것이 없다는 생각이 들 때도 많았다. 일요일 아침이면 스퀼러가 기다란 두루마리 통계 숫자 목록을 펴 놓고 그간 농장의 각종 식량 생산량이 200퍼센트, 300퍼센트 혹은 500퍼센트씩 늘어났다고 발표했다. 동물들로선 '반란' 이전의 상태가 어떤 것이었는지 지금은 분명히 기억하지 못했기 때문에 스퀼러의 발표를 믿지 않을 이유가 없었다. 그렇지만 동물들은 통계 숫자보다는 먹을 것이나 더 많으면 좋겠다고 느끼는 때가 자주 있었다.

이제 모든 명령은 스퀼러나 다른 돼지를 통해 동물들에게 전달되었다. 나폴레옹은 두 주일에 한 번 정도 외에는 공식 석상에 나타나지 않았다. 모처럼 한 번씩 모습을 나타낼 때에는 개들이 반드시 그를 수행했을 뿐 아니라 젊은 수탉 한 마리가 앞에서 행진하며 나팔수 노릇을 했다. 수탉은 나폴레옹의 연설이 시작되기 전에 "꼬끼요 꼭 꼬꼬 꼬끼요." 하고 나팔을 불었다. 들리는 바로는 나폴레옹이 본채 안에서도 다른 돼지들과 방을 따로 쓴다는 소문이었다. 그는 자기 방에서 개 두 마리의 시중을 받으며 혼자 식사를 하고 식사 때는 응접실의 유리 찬장에 들어 있는 크라운더비 정찬용 식기를 사용한다고 했다. 깃발 게양대의 총은 매 해 두 번의 경축일 외에 나폴레옹의 생일에도 발사된다고 발표되었다.

나폴레옹은 이제 그냥 단순히 나폴레옹으로 호칭되지 않았다. 그에 대한 공식 칭호는 '우리의 지도자 나폴레옹 동무'로 바뀌었고 이 밖에도 돼지들은 '모든 동물의 아버지', '인간들의 두려운 존재', '양 떼의 보호자', '새끼 오리들의 친구' 등의 칭호를 그에게 갖다 붙였다. 스퀼러는 연설할 때마다 나폴레옹의 지혜, 그의 선량한 가슴, 만방의 동물들에 대한 그의 깊은 사랑, 특히 아직도 무지와 노예 상태로 살고 있는 다른 농장의 불행한 동물들에 대한 나폴레옹의 사랑을 생각하며 눈물을 뚝뚝 흘렸다. 무슨 일이 성공적으로 완수되거나 운수 좋게 잘 풀리면 그 공로는 어김없이 나폴레옹에게 돌려졌다. 그래서 농장에서는 이를테면 암탉이 "우리의 지도자 나폴레옹 동무의 지도 아래 난 엿새 동안 알 다섯 개를 낳았지 뭔가."란다거나 암소 두 마리가 웅덩이에서 물을 마시다가 "나폴레옹 동무의 영도력 덕분에 물맛이 그저 그만이군그래!"라고 말하는 소리를 종종 들을 수 있었다. 미니무스가 지은 「나폴레옹 동무」라는 시는 농장의 이런 느낌을 잘 표현해 주었다. 시는 이런 것이었다.

아비 없는 것들의 친구이시며
행복의 샘이시고

마실 것의 주인이신 그대여! 오, 내 영혼은
불붙도다, 침착하고 위엄이 넘치는
하늘의 태양 같은 당신의 눈을 볼 때마다
아아, 나폴레옹 동무시여!

당신은 당신의 모든 동물들이
좋아하는 것을 주시는 분,
모두 하루 두 번 배불리 먹고 깨끗한 짚단에서 뒹구네.
크고 작은 모든 짐승들이
우리에서 편안히 잠드네.
우리 모두를 지켜 주시는
나폴레옹 동무시여!

내게 젖 빠는 새끼가 있다면
녀석이 세 홉들이 맥주잔만큼 키가 자라기도 전에
밀대만 해지기도 전에 배우리라
배우리라, 그대에게 충성하고
그대에게 진실해지는 법을.
그가 맨 처음 외치는 말은
"나폴레옹 동무."일지니.

나폴레옹은 이 시를 승인했을 뿐 아니라 헛간의 '일곱 계명'
반대쪽 벽에 그걸 써 놓도록 지시했다. 그 시 위에는 스퀄러가
흰 페인트로 나폴레옹의 옆모습 초상화를 그려 놓았다.

그사이 나폴레옹은 중개인 휨퍼를 통해 프레더릭과 필킹턴을 상대로 꽤 복잡한 협상을 벌이고 있었다. 마당의 목재는 아직 팔리지 않고 있었다. 두 사람 중 그 목재를 사고 싶어 안달하는 쪽은 프레더릭이었지만 그는 값을 제대로 부르지 않고 있었다. 게다가 풍차 건설을 몹시 시기한 프레더릭이 일꾼들과 함께 동물농장을 공격해서 풍차를 파괴하려 획책하고 있다는 소문도 다시 나돌았다. 스노볼은 여전히 그 프레더릭의 핀치필드 농장에 숨어 있다고 알려져 있었다. 그해 여름이 중반에 접어들었을 때 농장의 동물들은 또 한 번 깜짝 놀랐다. 암탉 세 마리가 스노볼의 사주를 받아 나폴레옹 살해 계획을 세웠노라 자백했다는 소식 때문이었다. 암탉들은 즉각 처형되고 나폴레옹의 신변 안전을 위한 새로운 조치들이 취해졌다. 밤에는 개 네 마리가 나폴레옹의 침대 네 모서리를 하나씩 맡아 지키고 식사 때는 독살 기도를 막기 위해 핑크아이라는 젊은 돼지가 나폴레옹이 먹을 음식을 먼저 시식하는 임무를 맡았다.

　이와 거의 동시에 나돈 소문은 나폴레옹이 마당의 목재를 필킹턴에게 팔기로 했고 동물농장과 폭스우드 농장에서 생산되는 몇몇 물건들을 상호 교환하기 위한 정규 계약을 맺는다는 것이었다. 중개인 휨퍼를 사이에 두긴 했지만 이즈음 나폴레옹과 필킹턴의 관계는 거의 우호적이었다. 동물들은 필킹턴을 싫어했으나(그도 '인간'이었기 때문에) 프레더릭보다는 필킹턴을 선호했다. 동물들은 프레더릭에 대해서는 두려움과 증오를 느끼고 있었다. 여름이 지나면서 풍차는 거의 완공을 바라

보게 되었다. 농장에 대한 인간들의 공격이 임박했다는 소문도 점점 커졌다. 듣자 하니 프레더릭이 총으로 무장한 장정 스무 명을 동원할 계획이고 자신이 일단 동물농장의 소유권을 장악했을 때 행정 관서나 경찰이 이를 문제 삼지 않도록 지사와 경찰에 뇌물을 먹여 놓았다는 것이다. 게다가 프레더릭이 동물들에게 잔혹한 짓을 하고 있다는 소문도 그 핀치필드 농장에서 흘러나왔다. 그가 늙은 말 한 마리를 채찍으로 쳐 죽이고 암소들을 굶기고 아궁이에 개를 던져 넣고 저녁이면 수탉 발톱에 날카로운 면도칼 파편을 끼워 닭싸움을 시켜 놓고는 혼자 즐긴다는 등의 소문이었다. 동물들은 동료 동물들에게 그런 잔혹한 짓들이 행해지고 있다는 이야기를 들을 때마다 분노로 온몸의 피가 끓었다. 그래서 그들은 핀치필드 농장으로 쳐들어가 인간들을 쫓아내고 동물들을 해방시키게 허락해 달라며 목청을 돋우는 때도 있었다. 그러면 스퀼러가 나서서 성급한 행동을 해선 안 된다, 모두 나폴레옹 동무의 전략을 믿고 있으라며 동물들을 타일렀다.

그럼에도 불구하고 프레더릭에 대한 동물들의 반감은 높아갔다. 어느 일요일 아침 나폴레옹이 헛간에 나타나 자기는 목재를 프레더릭에게 팔 생각을 한 번도 한 적이 없다고 설명했다. 그런 악당과 거래하는 것은 품위에 어긋나는 일이라고 그는 말했다. '반란' 소식을 다른 농장의 동물들에게 전파하기 위해 여전히 밖으로 파견되고 있었던 비둘기들도 우호적인 필킹턴의 폭스우드 농장에만은 얼씬거리지 말라는 명령을 받은 터였다. 비둘기들은 또 "인간에게 죽음을."이라는 이전의 슬로건 대신 "프레더릭에게 죽음을."을 외치라는 명령도 받았다. 늦은 여름, 스노볼의 음모가 한 가지 더 드러났다. 농장의 밀밭이 온통 잡초투성이였는데, 알고 보니 스노볼이 어느 날 밤 몰래 들어와 밀 씨앗에 잡초 씨앗을 마구 섞어 놓았다는 것이다. 이 음모를 잘 알고 있던 수컷 거위 한 마리가 스퀼러에게 사실을 자백하고는 독이 든 딸기를 삼키고 자살했다. 동물들은 또 지금까지 그들이 믿고 있던 것과는 반대로 스노볼이 '동물 영웅 일등 훈장'을 받은 적이 없다는 것도 알게 되었다. 그건 '외양간 전투'가 끝난 다음 스노볼 자신이 퍼뜨린 헛소문에 불과하다는 것이었다. 훈장을 받기는커녕 전투 중에 보인 비겁한 행동 때문에 견책을 당했다는 얘기였다. 몇몇 동물들은 이 얘기를 듣고 또 한 번 머리가 혼란스러웠지만 스퀼러는 그들이 잘못 기억하고 있었던 것이라고 동물들을 이내 설득할 수 있었다.

가을이 왔을 때, 동물들의 피땀 어린 노력 끝에(그럴 수밖에 없었던 것이, 가을철 추수가 겹쳤기 때문이다.) 풍차 공사가 끝났다. 아직 기계는 갖다 얹지 않았고 중개인 휨퍼가 돌아다니며 구매 협상을 벌이고 있었지만 구조물 자체는 완공된 것이다. 온갖 어려움을 다 겪고 거기에 무경험, 원시적 공법, 불운, 스노볼의 반역적 행위까지 있었지만 이 모든 역경에도 불구하고 공사는 목표일을 단 하루도 넘기지 않고 정확히 날짜에 맞춰 끝났다. 동물들은 피곤했으나 자랑스러웠다. 그들은 자기들이 만든 그 걸작의 주위를 빙빙 맴돌았다. 그들의 눈에는 먼젓번 것보다 이번 것이 훨씬 더 아름다워 보였다. 게다가 벽의 두께도 두 배나 되어 폭약이 아니고서는 무너뜨릴 수 없을 터였다. 그걸 세우느라 얼마나 고생했으며 얼마나 많은 좌절을 딛고 일어섰던가. 이제 풍차 날개가 돌면서 전력이 생산되면 자기네 살아생전에 얼마나 엄청난 변화가 일어날 것인가. 이런 생각을 해 보는 순간 동물들은 피로를 잊고 승리의 환성을 내지르며 풍차 주위를 뛰어다녔다. 나폴레옹도 개들과 수탉 나팔수를 거느리고 몸소 둔덕까지 나와 완성된 구조물을 시찰했다. 그는 동물들의 노고를 치하하고 풍차는 '나폴레옹 풍차'라 명명한다고 발표했다.

이틀 후, 특별 회의가 헛간에서 소집되었다. 동물들이 알고 있던 것과는 반대로 마당 목재를 프레더릭에게 팔기로 했다는 발표가 나왔다. 동물들은 또 깜짝 놀랐다. 다음 날 프레더릭의 마차가 와서 목재들을 실어 간다는 것이었다. 그동안 나폴레옹은 필킹턴과 우호적 관계를 맺는 것처럼 보이게 해 놓고 사실은 프레더릭과 비밀 협상을 벌이고 있었던 것이다.

그날로 필킹턴의 폭스우드 농장과는 모든 관계가 끊어지고 모욕적인 메시지가 필킹턴에게로 날아갔다. 비둘기들은 이번에는 프레더릭의 핀치필드 농장에 얼씬거리지 말고 "프레더릭에게 죽음을."이라는 슬로건도 "필킹턴에게 죽음을."로 바꾸라는 명령을 받았다. 동시에 나폴레옹은 동물농장에 대한 프레더릭의 공격이 임박했다는 건 사실이 아니고 프레더릭이 자기 농장 동물들에게 잔혹한 짓을 하고 있다는 얘기도 크게 과장된 것이라 말했다. 그 모든 소문들은 스노볼과 그의 첩자들이 지어낸 것이라는 얘기였다. 이제 듣고 보니 스노볼은 핀치필드 농장에 숨어 지낸 적이 없고 평생 단 한 번도 거기 발을 들여놓은 일이 없는 것으로 얘기가 바뀌었다. 이 바뀐 얘기에 따르면 스노볼은 지금 필킹턴의 폭스우드 농장에서 아주 호화롭게 살고 있고 지난 수년간 필킹턴에게서 연금을 받아 왔다는 것이다.

돼지들은 나폴레옹의 오묘한 지략을 알고는 완전히 황홀경에 빠졌다. 필킹턴과 친한 척해 보임으로써 나폴레옹은 프레더릭으로 하여금 목재 가격을 12파운드나 더 올려 지불하게 한 것이다. 그러나 나폴레옹의 탁월한 정신은, 그가 아무도 믿지 않았고 프레더릭까지도 믿지 않았다는 사실에서 가장 잘 드러난다고 스퀄러는 말했다. 그에 따르면 프레더릭은 목재 값을 '수표'로 지불하고 싶어 했다는 것인데, 그 수표란 건 지불 약속을 명기한 종이쪽지였다. 하지만 나폴레옹은 프레더릭의 농간에 말려들 바보가 아니었다. 그는 목재 값을 5파운드짜리 진짜 화폐로 지불토록 요구했고 지불이 끝나야 목재를 넘겨준다고 못 박았다 한다. 프레더릭은 이미 그 돈을 지불한 상태였다. 그 돈이면 풍차에 얹을 기계를 사고도 남을 터였다.

목재는 재빨리 실려 나갔다. 목재가 모두 실려 간 뒤 헛간에서 또 한 차례 특별 회의가 열리고 동물들은 프레더릭이 지불했다는 화폐를 구경했다. 나폴레옹은 사뭇 만족한 미소를 띠고 가슴에 훈장 두 개를 찬 모습으로 헛간의 짚단 침대에 높이 올라앉아 있었고 옆에는 본채 부엌에서 가져온 사기 접시 위에 돈이 보기 좋게 쌓여 있었다. 동물들은 줄을 서서 천천히 그 돈 접시 앞을 지나가면서 마음껏 돈을 구경했다. 복서는 돈에 코를 들이대고 냄새를 맡아 보았다. 복서의 콧김에 얇고 흰 지폐들이 펄럭이며 바스락거렸다.

그런데 사흘 후 큰 소란이 벌어졌다. 얼굴이 하얗게 질린 휨퍼가 자전거를 몰고 허둥대며 올라오더니 마당에 자전거를 동댕이치고는 곧장 본채로 달려 들어갔다. 다음 순간 나폴레옹의 방 쪽에서 숨찬 분노의 고함 소리가 들려왔다. 소식은 들불처럼 순식간에 온 농장으로 퍼졌다. 프레더릭이 지불한 지폐는 가짜였다. 그는 돈 한 푼 안 내고 목재를 가져간 것이다.

나폴레옹은 동물들을 즉시 소집하고 주상같은 소리로 프레더릭에게 사형 선고를 내렸다. 프레더릭을 생포하면 산 채로 끓는 물에 집어넣어 삶아 죽일 것이라고 그는 말했다. 동시에 그는 프레더릭의 이 반역적인 행위 이후에 올지도 모를 최악의 사태를 예상해야 한다고 동물들에게 경고했다. 프레더릭과 그의 일꾼들이 당장 쳐들어올지 모른다는 것이었다. 농장으로 들어오는 모든 길목에는 초병들이 세워졌다. 또 비둘기 네 마리가 유화적 메시지를 들고 필킹턴의 폭스우드 농장으로 파견되었다. 필킹턴과는 좋은 관계를 회복하고 싶다는 전갈이었다.

바로 다음 날 아침 공격이 시작되었다. 동물들이 아침을 먹고 있는데 망꾼들이 달려와 프레더릭 일당이 벌써 빗장 다섯 개로 된 정문을 통과했다고 전했다. 동물들은 용감히 일어나 적을 맞으러 나갔다. 그러나 이번에는 지난날의 '외양간 전투' 때 같은 손쉬운 승리를 거둘 수 없었다. 프레더릭 일당은 모두 열다섯 명이었고 그중에 총을 가진 자가 여섯 명이나 되었다. 그들은 동물들이 50미터 안으로 접근하자 총질을 해 대기 시작했다. 동물들은 사방에서 터지는 총소리와 얼얼한 산탄 총알에 맞설 수가 없었다. 나폴레옹과 복서는 동물들이 흩어지지 않게 규합하느라 필사적으로 노력했지만 동물들은 얼마 버티지 못하고 침략자들에 밀려 후퇴했다. 상당수는 이미 부상당한 터였다. 그들은 농장 건물 여기저기에 피신하여 벽 틈이나 옹이구멍으로 바깥을 걱정스레 내다보고 있었다. 넓은 목초지와 풍차가 적들의 손에 넘어갔다. 그 순간만은 나폴레옹까지도 어찌할 바를 모르는 것 같았다. 그는 말 한마디 없이 이리저리 서성댔고 그의 굳어진 꼬리가 씰룩거렸다. 동물들은 구원을 기다리는 듯한 눈길로 폭스우드 농장 쪽을 바라보았다. 필킹턴과 그의 일꾼들이 도와주기만 한다면 아직은 이 싸움에서 이길 수도 있을 터였다. 그 순간 전날 농장 밖으로 파견됐던 비둘기 네 마리가 돌아왔는데 그중 한 마리가 필킹턴이 보낸 종이쪽지를 물고 있었다. 그 쪽지에는 연필로 이렇게 적혀 있었다. "꼴 좋군, 싸다 싸."

그사이 프레더릭과 그의 일꾼들은 풍차 앞에서 발을 멈추었다. 동물들은 그들 일당을 지켜보았다. 불안해하는 목소리들이 터져 나왔다. 프레더릭의 일꾼 두 사람이 까마귀 발처럼 생긴 쇠지레와 큰 쇠망치를 꺼내 들었다. 그들이 풍차를 때려 부수려는 것 같았다.

"어림도 없지." 나폴레옹이 말했다. "벽이 얼마나 두꺼운데! 일주일 걸려도 안 될걸. 동무들, 용기를 내요, 용기를!"

그러나 당나귀 벤저민은 인간들이 하는 짓을 유심히 관찰하고 있었다. 쇠망치와 쇠지레를 든 일꾼 두 명이 풍차 밑동

근처에 구멍을 내고 있었다. 벤저민이 천천히, 거 아주 재미있다는 듯이 긴 주둥이를 끄덕이며 말했다.

"내 그럴 줄 알았어. 저자들이 뭘 하는지 모르겠소? 저들은 구멍에 폭약을 집어넣으려는 거요."

동물들은 겁에 질려 잠자코 기다렸다. 지금 건물 밖으로 뛰어나간다는 건 불가능한 일이었다. 몇 분 지나자 인간들이 사방으로 뛰어 흩어지는 것이 보였다. 그러고는 귀를 먹먹하게 하는 폭파음이 들렸다. 비둘기들은 허공으로 퍼덕이며 날아올랐고 동물들은 나폴레옹만 빼고는 모두 바닥에 배를 깔고 엎드리면서 얼굴을 파묻었다. 그들이 다시 일어났을 때, 풍차가 섰던 자리에는 거대한 검은 연기 구름이 걸려 있었다. 바람이 서서히 연기를 걷어 냈다. 풍차는 사라지고 없었다.

이 광경을 보자 동물들은 분기가 되살아났다. 조금 전까지 그들이 느끼던 두려움과 절망감은 인간들의 이 고약한 행동을 보는 순간 순식간에 사라져 버렸다. 응징해야 한다는 함성이 치솟았고 누구 명령을 기다릴 새도 없이 동물들은 한 몸이 되어 적을 향해 돌진했다. 이제 동물들은 머리 위로 우박처럼 쏟아지는 산탄 총알들이 두렵지 않았다. 맹렬하고 치열한 싸움이 벌어졌다. 인간들은 계속 총질을 해 댔고 동물들이 바로 코앞까지 접근하자 몽둥이를 휘두르고 묵직한 구둣발로 동물들을 걷어찼다. 암소 하나, 양 세 마리, 거위 두 마리가 죽고 거의 모든 동물들이 부상당했다. 뒤에서 싸움을 지휘하던 나폴레옹까지도 총알에 맞아 꼬리 끝부분이 날아갔다. 인간들도 무사하지 않았다. 프레더릭의 일꾼 셋이 복서의 발에 차여 머리통이 깨지고 다른 하나는 암소 뿔에 배를 받히고 또 하나는 제시와 블루벨에게 물려 바지가 거의 홀랑 찢겨 나갔다. 나폴레옹의 보디가드인 개 아홉 마리가 그의 지시에 따라 울타리를 차폐물 삼아 한 바퀴 우회한 다음 갑자기 인간들의 측면에 나타났다. 개들이 사납게 짖으며 죄어들자 인간들은 겁을 먹었다. 동물들에게 포위될 위험이 있었던 것이다. 프레더릭은 빠져나갈 수 있을 때 빠져나가자고 일꾼들에게 소리 질렀고 다음 순간 겁먹은 인간들은 도망치기 시작했다. 동물들은 밭 아래쪽까지 인간들을 추격해 달아나는 인간들에게 마지막 발길질을 했다. 인간들은 가시나무 울타리를 넘어 간신히 도망쳤다.

동물들이 이긴 것이다. 그러나 그들은 기진맥진했고 거의 전원이 피를 흘리고 있었다. 그들은 절룩거리며 천천히 농장으로 집결했다. 잔디 위에 죽어 있는 동료들을 보고 몇몇 동물은 눈물을 떨구었다. 그들은 풍차가 섰던 자리에 이르자 슬픈 침묵에 잠겨 한동안 멍하니 서 있었다. 그랬다. 풍차는 날아가고 없었다. 그들이 그토록 공들인 풍차가 흔적도 없이 사라진 것이다. 바닥도 일부가 파괴되었다. 그 풍차를 다시 세우는 데는 지난번처럼 무너진 돌들을 다시 사용할 수도 없을 터였다. 돌들까지 날아가 버렸기 때문이다. 폭약이 돌들을 수백 미터씩 날려 보낸 것이다. 거기 일찍 풍차가 서 있었던가 싶었다.

동물들이 농장으로 돌아오는데 아까 싸움이 벌어지고 있을 때 이상스레 어디론가 사라졌던 스퀼러가 꼬리를 흔들며 만족한 웃음을 띠고 동물들 쪽으로 뛰어왔다. 그리고 동물들은 농장 건물들이 있는 쪽에서 축포처럼 엄숙하게 터지는 총소리를 들었다.

"저 총은 무엇 때문에 쏘는 건가?" 복서가 물었다.

"우리 승리를 축하하기 위해서요." 스퀄러의 대답이었다.

"무슨 승리?" 복서가 되물었다. 그는 무릎에서 피가 흐르고 편자 하나를 잃었을 뿐 아니라 발굽이 쪼개지고 뒷다리에는 산탄 총알 열두어 개가 박혀 있었다.

"동무, 무슨 승리라니요? 우린 적들을 이 동물농장의 신성한 땅에서 몰아내지 않았소?"

"하지만 저들은 우리 풍차를 파괴했소. 이 년간 피땀 흘려 세운 풍차가 아니오?"

"무슨 상관이오? 우린 또 다른 풍차를 세울 겁니다. 좋다면 풍차 여섯 개를 세울 거요. 동무는 우리가 방금 이루어 낸 이 거대한 승리를 달갑게 여기지 않는단 말이오? 적은 지금 우리가 서 있는 바로 이 땅을 점령했더랬소. 그런데 우리가 나폴레옹 동무의 영도 아래 뺏겼던 땅을 한 치도 남김없이 되찾은 거요."

"그럼 우리 것을 되찾았군그래." 복서가 말했다.

"그게 바로 우리의 승리라는 거요."

동물들은 절룩이며 마당으로 들어섰다. 복서는 산탄들이 박힌 다리가 따끔따끔 쓰리고 아팠다. 그는 풍차를 기초부터 다시 힘들여 지어 올리는 광경을 머릿속에 그려 보았다. 이미 상상 속에서 그는 그 엄청난 일을 위해 분발하고 있었다. 하지만 그는 벌써 열한 살이고 자신의 힘센 근육도 이제 옛날 같지 않다는 생각이 처음으로 그의 뇌리에 떠올랐다.

그러나 동물들은 녹색 깃발이 올라가고 축하의 총포(이번에는 도합 일곱 발이 발사되었다.)가 터지는 소리를 듣고 그들의 행동을 치하하는 나폴레옹의 연설을 듣는 사이에 자기네가 아닌 게 아니라 거대한 승리를 거둔 것 같다는 느낌이 들었다. 싸우다 죽은 동물들을 위해 엄숙한 장례가 치러졌다. 복서와 클로버가 영구차(물론 짐마차였지만)를 끌었고 나폴레옹이 몸소 장례 행렬의 선두에 섰다. 꼬박 이틀을 그들은 승리를 축하하며 보냈다. 노래와 연설과 축포 발사가 이어졌고 모든 동물들에게는 특별 선물로 사과 한 알씩이 배급되었다. 날짐승들에게는 각각 옥수수 50그램이, 개들에게는 먹이 비스킷 세 개씩이 돌아갔다. 이번 싸움은 '풍차 전투'로 명명되었고 나폴레옹은 '녹색 깃발장'이라는 새로운 무공 훈장도 제정했다. 나폴레옹은 그 훈장을 자기 자신에게 수여했다. 온 농장이 승리를 축하하는 동안 위조지폐에 속아 넘어간 불행한 사건은 깨끗이 잊혔다.

그로부터 며칠 후 돼지들은 본채 지하실에서 위스키 한 상자를 발견했다. 돼지들이 본채를 점거했을 당시 지하실의 그 위스키 상자는 미처 보지 못하고 넘어갔던 것이다. 그날 밤 본채에서는 돼지들의 와자한 노랫소리가 흘러나왔다. 놀랍게도 그 노래에는 「영국의 짐승들」의 곡조가 뒤섞여 있었다. 밤 9시 30분쯤, 존스의 낡은 중산모를 쓴 나폴레옹이 본채 뒷문으로 나와 마당을 몇 번 빠르게 뛰어다니다가 다시 본채 안으로 사라지는 모습이 똑똑히 보였다. 그러나 다음 날 아침 본채는 깊은 침묵에 빠져 있었다. 돼지 한 마리도 꿈쩍하는 것 같지 않았다. 거의 9시가 되어서야 스퀼러가 느릿느릿 맥 빠진 걸음으로 나타났다. 그는 눈이 흐리멍덩해지고 꼬리는 축 처져 어디로 보나 단단히 병든 동물 같았다. 그는 동물들을 모으고는 슬픈 소식이 있다고 말했다. 나폴레옹 동무가 죽어 간다는 것이었다.

동물들에게서 비탄의 목소리들이 터져 나왔다. 그들은 본채 문 앞에 짚단을 깔고 발끝으로 걸어다니며 소식을 기다렸다. 그들은 눈물 그렁한 눈으로 지도자 동무가 죽으면 자신들은 어찌하냐고 서로 쳐다보며 물었다. 나폴레옹의 음식에 독약을 넣으려는 스노볼의 계략이 성공했다는 소문도 퍼졌다. 11시에 스퀼러가 다시 나타나 발표문을 전했다. 나폴레옹 동무가 이 세상에서의 마지막 조치로서 엄중한 포고령을 하나 내렸는데 술 마시는 동물은 사형으로 다스린다는 것이었다.

그러나 저녁이 되자 나폴레옹은 약간 기운을 차린 것 같았고 다음 날 아침 스퀼러는 나폴레옹이 빠르게 회복되고 있다고 발표했다. 이날 저녁부터 나폴레옹은 다시 집무를 시작했다. 또 그다음 날 그가 휨퍼에게 술 담그는 법과 알코올 증류법에 관한 책들을 윌링던에서 구해 오도록 지시했다는 소식이 전해졌다. 일주일 후 나폴레옹은 과수원 너머의 작은 목장을 일구라는 명령을 내렸다. 그 목장은 당초 일할 나이를 넘긴 늙은 동물들의 은퇴용 목장으로 남겨 둔 곳이었다. 그 목장이 메말라 새로 풀씨를 뿌려야 한다는 소리였다. 그러나 실은 나폴레옹이 거기다 보리를 심으려 한다는 얘기가 금방 전해졌다.

　이 무렵 아무도 이해할 수 없는 이상한 일이 하나 벌어졌다. 어느 날 밤 자정께 마당 쪽에서 쿵 하는 요란한 소리가 났고 무슨 일인가 싶어 동물들이 우리 밖으로 뛰쳐나왔다. 달 밝은 밤이었다. '일곱 계명'이 쓰여 있는 헛간 벽 아래 사다리 하나가 두 쪽으로 부러져 있고 잠시 정신을 잃은 스퀼러가 사다리 옆에 자빠져 꿈틀대고 있었다. 곁에는 등불, 페인트 붓, 넘어진 흰색 페인트 통 등이 나뒹굴었다. 개들이 즉각 스퀼러를 에워싸더니 그가 일어나 걸을 수 있게 되자 얼른 그를 호위해서 본채로 돌아갔다. 동물들은 도대체 무슨 일인지 영문을 알 수 없었다. 늙은 당나귀 벤저민만은 알겠다는 듯 혼자 콧등을 끄덕였지만 아무 말도 하려 들지 않았다.

　며칠이 지나 염소 뮤리얼이 '일곱 계명'을 읽어 보다가 동물들이 그 계명 중 하나를 또 잘못 알고 있었다는 사실을 발견했다. 그들은 제5계명이 "어떤 동물도 술을 마시면 안 된다."라고 기억하고 있었다. 그러나 이제 보니 동물들은 두 단어를 잊고 있었던 것이다. 벽에 쓰인 제5계명은 이런 것이었다. "어떤 동물도 '너무 지나치게' 술을 마시면 안 된다."

9

복서의 쪼개진 발굽이 낫는 데는 오랜 시간이 걸렸다. 동물들은 승전 축하 행사가 끝난 바로 다음 날부터 풍차를 재건하기 시작했다. 복서는 단 하루도 쉬지 않으려 했고 자기가 아프다는 걸 남들에게 보이지 않아야 체면이 선다고 생각했다. 그러나 저녁이 되면 그는 클로버에게만은 발굽이 몹시 아프다는 사실을 가만히 인정하곤 했다. 클로버는 약초를 씹어서 만든 찜질약을 복서의 발굽에 발라 주었다. 클로버와 벤저민은 너무 무리하게 일하지 말라고 복서를 타일렀다. "말의 허파가 영원한 건 아냐."라고 클로버는 말했지만 복서는 듣지 않았다. 그는 자신이 은퇴할 나이가 되기 전에 풍차 돌아가는 모습을 보는 것이 자기에게 남은 단 한 가지 꿈이라고 말했다.

동물농장의 여러 가지 법이 처음으로 만들어지던 초기에 동물들의 은퇴 연령이 정해졌는데, 그 규정에 따르면 말과 돼지는 열두 살, 암소는 열네 살, 개는 아홉 살, 양은 일곱 살, 암탉과 거위는 다섯 살이었다. 상당히 후한 노년 연금도 그때 결정되었다. 아직은 은퇴해서 연금 생활을 하는 동물이 없었지만 최근 들어 이 문제가 자주 거론되고 있었다. 과수원 너머의 작은 목장을 보리밭용으로 떼어 놓은 이상 넓은 목초지 한 구석을 울타리로 막아 노쇠한 동물들의 전용 목장으로 만든다는 소문이 나돌았다. 은퇴한 말에게는 하루에 옥수수 2킬로그램을 주고 겨울에는 건초 7킬로그램을 주며 공휴일에는 당근이나 사과 한 개씩을 더 주기로 한다는 얘기도 있었다.

　농장의 삶은 고되었다. 지난해처럼 이번 겨울도 혹독했고 식량은 그때보다 더 부족했다. 돼지와 개 들만 빼놓고 다른 동물들에게 돌아가는 식량 배급량은 또다시 줄어들었다. 식량 배급에 지나치게 엄격한 평등을 적용하는 것은 동물주의의 원리에 어긋난다고 스퀄러가 설명했다. 어쨌든 그는 지금 농장의 식량 사정이 겉보기와는 달리 결코 나쁘지 않다는 걸 다른 동물들에게 쉽사리 입증해 보일 수 있었다. 물론 당분간은 배급량을 재조정(그는 '감축'이란 말은 절대로 쓰는 법이 없고 언제나 '재조정'이라 말했다.)할 필요가 있지만 과거의 존스 시절에 비하면 사정이 이만저만 나아진 게 아니라고 그는 주장했다. 그는 날카롭고 빠른 목소리로 통계 숫자를 대 가며 존스 시절보다는 지금의 동물들이 더 많은 귀리와 건초와 순무를 확보하고 있다, 일하는 시간은 짧아지고 마시는 물은 수질이 더 좋아졌다. 동물들의 수명은 늘어나고 새끼들이 살아남는 비율도 높아지고 축사 우리에는 더 많은 짚단이 공급되어 벼룩한테 물리는 횟수도 훨씬 줄어들었다는 등의 내용을 조목조목 자세히 입증해 보였다. 동물들은 그 말을 그대로 믿었다. 사실대로 말하면, 존스라든가 존스라는 이름이 의미하는 모든 것들은 이미 동물들의 기억에서 거의 대부분 잊히고 없었다. 그들은 지금의 삶이 고단하고 힘들다는 것, 자주 춥고 배고프다는 것, 잠자는 시간을 빼면 하루 종일 일해야 한다는 것을 알고 있었다. 그러나 지난날 존스 시절에는 사정이 훨씬 더 나빴던 것임에 틀림없다고 동물들은 생각했다. 그들은 즐거이 그렇게 믿었다. 게다가 존스 시절에는 모두가 노예였지만 지금은 누구나 다 자유롭지 않은가, 그것이야말로 엄청난 차이가 아닌가. 스퀼러는 언제나 이 점을 빼놓지 않고 지적했다.

지금은 먹여야 할 입들도 훨씬 더 많아졌다. 가을에 암퇘지 네 마리가 거의 동시에 새끼들을 낳았는데 그 수가 서른하나였다. 새끼들은 모두 혼합종이었다. 나폴레옹이 농장에서 유일하게 거세하지 않은 수퇘지였으므로 새끼 돼지들의 어미 아비가 누구일지는 짐작할 만했다. 본채 정원에는 나중에 벽돌과 목재를 구입해서 돼지 교실을 지을 방침이라는 발표가 나왔다. 얼마간은 나폴레옹이 몸소 본채 부엌에서 새끼 돼지들의 교육을 담당했고 체육 교육은 본채 정원에서 실시되었다. 새끼 돼지들은·다른 동물의 새끼들과는 놀지 말라는 지시를 받았다. 이 무렵에 또 하나의 규칙이 정해졌는데, 그건 다른 동물이 길에서 돼지를 만나면 반드시 옆으로 공손히 비켜서야 한다는 것이었다. 또 모든 돼지는 등급에 상관없이 일요일에 녹색 댕기를 꼬리에 매달 특권을 갖는다는 규칙도 생겼다.

동물농장으로선 꽤 성공적인 한 해였으나 돈은 여전히 모자랐다. 돼지 교실을 짓자면 벽돌이며 모래, 석회를 구입해야 할 테고 풍차용 기계류를 사들이자면 또 다른 저축도 필요했다. 그뿐이 아니었다. 본채에 쓸 등불용 기름과 양초, 나폴레옹의 식탁에 올릴 설탕(나폴레옹은 살찐다는 이유로 다른 돼지들에게는 설탕 섭취를 금지시켰다.), 개비하거나 보충해야 할 도구, 못, 끈, 석탄, 철사, 고철, 개 먹이 비스킷 등도 필요했다. 이 때문에 건초 한 더미와 감자 수확물의 일부가 팔려 나갔고 달걀 계약분도 주당 600개로 늘어났다. 그래서 그해 암탉들은 농장의 암탉 수를 겨우 평상 수준으로 유지할 정도의 병아리들만 가까스로 부화할 수 있었다. 12월에 줄었던 식량 배급량은 2월이 되자 다시 줄어들었고 기름을 아낀다며 축사 우리의 등불은 사용이 금지되었다. 그러나 돼지들만은 충분히 안락한 생활을 하는 것 같았다. 사실 돼지들은 피둥피둥 살이 찌고 몸들이 불어나 있었다. 본채 부엌 너머에는 존스 시절에도 쓰지 않던 작은 양조실이 하나 있었는데, 2월 하순 어느 날 저녁 양조실에서 동물들이 여태 한 번도 맡아 본 적 없는 따스하고 진하고 식욕 돋우는 향내가 흘러나와 마당을 타고 온 농장으로 퍼졌다. 보리 삶는 냄새라고 누군가가 말했다. 동물들은 그 향내를 허기지게 맡으면서 어쩌면 저녁 식사용으로 따스하고 걸쭉한 여물이 만들어지는 건가 생각했다. 그러나 그날 저녁 식사에 따스한 여물은 나오지 않았다. 다음 일요일이 되자 이제부터 모든 보리는 돼지들만을 위해 비축한다는 발표가 나왔다. 과수원 너머의 목장에는 벌써 보리를 심었다. 그러자 또 소문이 흘러나오기를 요즘 모든 돼지들이 매일 맥주 500밀리리터씩을 분배받고 나폴레옹은 하루에 2리터를 마신다는 것이었다. 그는 크라운더비 수프 그릇에 맥주를 받아 마신다고 했다.

하지만 고달픈 일들이 많다 해도 지금 농장의 삶은 과거에 비해 훨씬 품위 있었고 이는 동물들의 고달픔을 일부 상쇄해주었다. 농장에는 이즈음 노래와 연설과 행진들이 옛날보다 더 많았다. 나폴레옹은 일주일에 한 번씩 이른바 '자발적 시위'라는 것을 열도록 명령했는데, 동물농장의 투쟁과 승리를 축하하는 것이 그 시위의 목적이었다. 정해진 시간에 동물들은 일하다 말고 군대식 대형을 지어 농장 구내를 행진했다. 돼지들이 대형을 이끌고 다음에 말, 그다음에 암소, 암소 뒤로는 양, 양 다음에 암탉, 거위, 오리 등이 섰다. 대형의 좌우 측면에는 개들이 따라붙고, 나폴레옹의 나팔수인 검은 수탉이 선두에 서서 행진했다. 클로버와 복서는 발굽과 뿔이 그려진 녹색 깃발을 양쪽에서 받쳐 들고 행진했는데 그 깃발에는 "나폴레옹 동무 만세!"라고 쓰여 있었다. 행진이 끝나면 나폴레옹을 기리는 시들이 낭송되고 이어 최근 식량 생산이 얼마나 늘었는가를 숫자로 밝히는 스퀄러의 연설이 있고, 이따금 총포 발사가 뒤따랐다. '자발적 시위'에 가장 헌신적인 것은 양들이었다. 이 행사가 시간 낭비이고, 행사를 위해 동물들이 추위에 떨며 한참씩 서 있어야 하지 않느냐고 누군가가 불평하면

(돼지와 개 들이 없는 자리에서는 이런 불평을 하는 동물들이 몇 있었다.) 양들이 기다렸다는 듯이 "네 발은 좋고 두 발은 나쁘다."를 큰 소리로 외쳐 대며 불평을 잠재웠다. 그러나 대체로 동물들은 그 축하 행사들을 즐겼다. 동물들은 그 행사들을 치르면서 어쨌거나 자기들이 농장의 진정한 주인이고 그들의 모든 노동도 자기네 이익을 위한 것임을 상기하고 그걸로 위로받을 수 있었다. 그래서 노래와 행진, 스퀼러의 통계 숫자 발표와 우렁찬 총포 발사, 수탉의 나팔과 펄럭이는 깃발 등 이런저런 행사가 진행되는 동안 동물들은 적어도 그 시간만은 배고프다는 사실을 잊을 수 있었다.

4월이 되자 동물농장은 '공화국'으로 선포되고 대통령 선출이 필요해졌다. 후보는 오로지 나폴레옹 하나뿐이었고 그는 만장일치로 대통령에 선출되었다. 같은 날 스노볼과 존스 사이의 공모 내용을 더 자세히 밝혀 주는 새로운 문서들이 또 발견되었다는 발표가 나왔다. 이제 보니 스노볼은 동물들이 지금껏 알고 있듯 '외양간 전투'에서 단순히 무슨 전술인가를 써서 동물들에게 패배를 안겨 주려 한 데서 끝난 게 아니라 아주 대놓고 존스의 편에 서서 싸운 것으로 밝혀졌다. 실은 그날 농장에 쳐들어온 인간들을 앞장서서 지휘한 것이 바로 스노볼이라는 것이었고 스노볼은 "인간 만세!"를 제 입으로 외치며 돌진했다는 것이다. 몇몇 동물들이 아직도 기억하는 스노볼의 등짝 부상도 사실은 나폴레옹의 이빨에 물어뜯긴 상처였다는 것이다.

여름이 중반에 접어들었을 무렵 수년간 모습을 감추었던

큰까마귀 모지스가 돌연 농장에 다시 나타났다. 그는 전혀 변한 데가 없었고 여전히 일에는 손대지 않았을 뿐 아니라 예전 버릇 그대로 '슈거캔디산'이라는 하늘나라 얘기도 계속했다. 그는 나뭇등걸에 올라앉아 검은 날개를 펄럭이며 자기 얘기를 들어 주는 동물은 누구든 붙들고 한 시간씩 그 하늘나라 얘기를 했다. "저기 저 위에 말이야, 동무들." 그는 커다란 부리로 하늘을 가리키며 엄숙하게 말하곤 했다. "저 검은 구름 너머에 말이야, 우리 불쌍한 동물들이 영원히 노동에서 해방되어 편안히 쉴 수 있는 슈거캔디산이 있어!" 자기가 언젠가 한번 하늘 높이 날다가 실제로 그 나라에 들어가 본 적이 있고 거기서 사시장철 클로버와 아마씨케이크가 자라는 풀밭과 각설탕이 자라는 울타리도 제 눈으로 보았다고 그는 말했다. 많은 동물들이 그 말을 믿었다. 그들 생각에는 지금 그들이 배고프고 몸 고달픈 이승의 삶을 살고 있으므로 어딘가 더 나은 세상이 마땅히 존재해야 한다는 건 너무도 옳고 당연한 일이 아닌가 싶었다. 한 가지 잘 이해할 수 없는 것은 큰까마귀 모지스에 대한 돼지들의 태도였다. 돼지들은 슈거캔디산에 대한 모지스의 얘기가 모두 헛소리라고 경멸조로 말하면서도 모지스가 농장에 머물도록 허락했을 뿐 아니라 일도 하지 않는 그에게 매일 맥주 150밀리리터씩을 배급했다.

발굽이 다 낫자 복서는 어느 때보다 더 열심히 일했다. 사실 모든 동물들이 그해 내내 노예처럼 일했다. 농장의 평상시 일과와 풍차 재건이라는 일 말고도 어린 돼지들을 위해 3월부터 문을 연 돼지 교실 건설 공사가 있었다. 먹는 것은 시원찮으면서 장시간 일을 해야 한다는 것이 견디기 어려울 때도 있었지만 복서는 결코 비틀거리지 않았다. 말할 때나 일할 때의 복서를 보면 힘이 옛날만 못하다는 기미를 어디에서도 눈치챌 수 없었다. 옛날과 조금 달라 보이는 것이 있다면 그의 겉모습이었다. 가죽은 예전의 윤기를 잃었고 커다란 엉덩이도 살이 빠진 것 같아 보였다. 그런 복서를 보며 다른 동물들은 "봄에 새 풀을 먹으면 괜찮아질 거야."라고 말했다. 그러나 봄이 오고 나서도 복서는 살이 찌지 않았다. 돌산 꼭대기로 오르는 비탈길에서 온몸으로 거대한 돌덩이를 끌어올릴 때의 복서는 그저 오로지 일을 계속해야 한다는 의지 하나로 버티는 것 같았다. 그럴 때 그는 "내가 더 열심히 한다."라고 말하려는 듯 입술을 달막거리긴 했으나 목소리가 나오지 않았다. 클로버와 벤저민이 그런 복서에게 몸 생각을 하라고 다시 권고했지만 복서는 들은 척도 하지 않았다. 그의 열두 번째 생일이 다가오고 있었다. 그는 그저 은퇴하기 전에 충분한 양의 돌멩이들을 풍차 공사장에 실어다 놓으면 됐지 그 밖에는 무슨 일이 일어나건 상관하지 않는다는 태도였다.

여름 어느 날 저녁 늦은 시간, 복서에게 무슨 일이 일어났다는 소문이 온 농장에 퍼졌다. 그는 돌멩이 한 수레를 공사장으로 끌고 가기 위해 혼자 밖으로 나간 터였다. 그런데 아닌게 아니라 소문은 사실이었다. 몇 분 후 비둘기 두 마리가 날아와 소식을 전했다. "복서가 쓰러졌어! 옆으로 쓰러져 일어나질 못해!"

농장 동물들 거의 절반쯤이 풍차 공사장인 둔덕으로 달려

갔다. 거기 복서가 목을 길게 빼고 고개조차 가누지 못한 채 짐수레의 두 굴대 사이에 쓰러져 있었다. 그의 두 눈은 흐려지고 허리는 땀으로 범벅이 되어 있었다. 입에서는 피가 한 줄기 가느다랗게 흘러내렸다. 클로버가 복서 옆에 무릎을 꿇고 앉으며 물었다.

"복서, 어찌 된 거야? 괜찮아?"

"폐에 문제가 있나 봐." 복서가 힘없이 말했다. "상관없어. 내가 없더라도 풍차 일은 네가 끝내 줘. 돌은 꽤 많이 모였어. 어쨌건 내겐 한 달밖에 남지 않았거든. 사실은 내가 은퇴를 생각하고 있었어. 벤저민도 늙었으니 나랑 같이 은퇴하면 서로 동무가 될 거야."

"우선 치료부터 해야 해! 누가 빨리 가서 스퀼러한테 얘기 좀 해 줘!" 클로버가 외쳤다.

다른 동물들이 스퀼러에게 소식을 전하느라 즉각 농장 본채로 달려갔다. 클로버와 벤저민만 남아 있었다. 벤저민은 복서 옆에 앉아 아무 말 없이 긴 꼬리로 파리를 쫓아 주고 있었다. 십오 분쯤 지나 스퀼러가 나타났다. 그는 동정과 관심을 표하면서 나폴레옹 동무가 농장의 가장 충성스러운 일꾼들 가운데 하나인 복서에게 일어난 이 불상사를 비통한 심정으로 전해 들었고 치료차 복서를 윌링던의 한 병원으로 보낼 조치를 이미 취하고 있다고 전했다. 이 말에 동물들은 약간 불안한 생각이 들었다. 몰리와 스노볼 말고는 어느 동물도 농장을 떠난 일이 없고 게다가 병든 동료를 인간들의 손에 맡긴다는 건 생각조차 하기 싫은 일이었다. 그러나 스퀼러는 복서를 농장에 두기보다는 윌링던의 수의사한테 보내어 치료받게 하는 것이 훨씬 낫다고 동물들을 쉽사리 설득할 수 있었다. 삼십 분쯤 지나 복서는 다소 기운을 차리고 간신히 일어나 절룩거리며 마구간으로 돌아갔다. 그의 마구간에는 클로버와 벤저민이 편안한 짚단 잠자리를 만들어 놓았다.

그 후 이틀 동안 복서는 자기 우리에서 쉬었다. 돼지들은 본채 화장실의 약상자에서 찾아낸 큼지막한 분홍색 약병 하나를 복서에게 보냈다. 클로버는 하루 두 번 식사 후에 그 약을 복서에게 먹였다. 저녁이면 그녀는 복서 곁에 앉아 말동무가 되어 주었고 벤저민은 파리를 쫓아 주었다. 복서는 자기가 쓰러진 걸 안타까워하지 않는다고 말했다. 몸이 회복되면 자기는 앞으로 삼 년은 더 살 것이고 농장의 큰 목장 한구석에 마련된 은퇴지에서 하루하루 편안히 지낼 날들을 기대하고 있다고 그는 말했다. 자기로선 공부도 하고 정신도 계발할 여가를 난생처음으로 가져 보게 된다는 것이었다. 그는 알파벳의 나머지 스물두 글자를 깨치는 데 여생을 보낼 생각이라고 말했다.

하지만 벤저민이나 클로버로선 하루 일이 끝난 다음에야 복서와 함께 있을 수 있었고 복서를 실어 갈 유개 마차가 온 것은 한낮의 일이었다. 그날 순무밭에서 돼지 한 마리의 감독을 받아 가며 순무 떡잎을 뜯어내고 있던 동물들은 농장 축사 쪽에서 벤저민이 목청껏 소리를 지르며 달음박질쳐 오는 걸 보고 깜짝 놀랐다. 동물들이 흥분한 벤저민을 보기는 그때가 처음이었다. 아니, 도대체 벤저민이 달음박질치는 걸 본 것도 그때가 처음이었다. "빨리, 빨리!" 벤저민이 고함을 질렀다. "빨리 와! 복서를 끌어가고 있어!" 동물들은 돼지의 명령을 기다릴 생각도 않고 일제히 일손을 멈추고는 농장 건물 쪽으로 내달았다. 아닌 게 아니라 말 두 마리가 끄는 커다란 유개 마차 한 대가 마당에 서 있었다. 마차의 천막 한쪽에는 뭐라 뭐라 쓰인 글자들이 보였고 마부석에는 꼭대기가 납작한 중산모를 쓴, 인상이 교활한 남자 하나가 앉아 있었다. 마구간에는 복서가 보이지 않았다.

동물들은 마차 주위로 몰려들었다. "잘 가게, 복서! 잘 갔다와!" 동물들이 외쳤다.

"이런 멍청한 바보들 같으니!" 벤저민이 동물들 주위를 깡충깡충 뛰면서 작은 발굽으로 땅을 구르며 소리쳤다. "이 바보들아, 마차에 써 놓은 저 글자들이 보이지도 않아?"

그 말에 동물들은 주춤하면서 소리를 죽였다. 염소 뮤리얼이 글자를 더듬거리며 읽어 보려 하자 벤저민이 그녀를 제치고 나섰다. 동물들이 죽은 듯 침묵하는 동안 그가 글자들을 읽어 내려갔다.

"'앨프리드 시먼즈, 말 도살업 및 아교 제조업, 윌링던 소재. 가죽과 골분도 취급함. 개집도 공급.' 저게 무슨 소린지 모르겠어? 복서가 폐마 도축업자한테 끌려가는 거야!"

동물들에게서 공포의 소리들이 터져 나왔다. 그 순간 마부석의 남자가 말 잔등을 채찍질하자 마차가 미끄러지듯 마당을 빠져나가기 시작했다. 모든 동물들이 마차 뒤를 따라가며 있는 대로 목청을 돋우어 소리를 질러 댔다. 클로버가 동물들을 헤치고 앞으로 나섰다. 마차는 이미 속력을 내고 있었다. 클로버는 질주하기 위해 뚱뚱한 네 발에 힘을 모은 끝에 간신히 보통의 속도로 뛸 수 있었다. 그녀는 "복서!" 하고 소리를 질렀다. "애, 복서! 복서, 복서!" 그러자 그 순간 바깥의 시끄러운 소리들을 들었다는 듯 코 밑에 흰 줄이 난 복서의 얼굴이 마차 뒤의 조그만 창문으로 나타났다.

"애, 복서!" 클로버가 무섭게 소리쳤다. "복서, 거기서 나와! 빨리 나오라고! 널 죽이러 가는 거야!"

다른 동물들도 "빨리 나와, 복서! 빨리 나와!"라며 고함을 질러 댔다. 그러나 마차는 이미 속력을 내면서 그들에게서 멀어지고 있었다. 복서가 클로버의 말을 알아들었는지 어쨌는지는 확실치 않았다. 그러나 잠시 후 그의 얼굴이 창문에서 사라지더니 발굽으로 탕탕 차고 구르는 소리들이 마차 안에서 시끄럽게 들려왔다. 복서는 마차를 차고 나오려 하고 있었다. 예전 같았으면 그의 발길질 서너 번에 마차는 박살 났을 터였다. 그러나 어쩌랴, 이미 그에게는 힘이 없었다. 마차 안의 발길질 소리는 점점 약해지고 마침내 들리지 않았다. 절망한 동물들은 마차를 끌고 가는 말 두 마리에게 마차를 세우라고 호소했다. "동무들, 형제를 죽음으로 끌고 가면 안 돼!" 그들이 소리쳤다. 그러나 그 멍청한 말 두 마리는 너무 무식해서 무슨 일인지 영문을 알 턱이 없었고 귀만 쫑긋 뒤로 젖히고는 더 속력을 내어 달렸다. 복서의 얼굴은 다시는 창문에 나타나지 않았다. 누군가가 마차를 앞질러 달려가 빗장 다섯 개로 된 농장 정문을 닫아걸 생각을 했지만 이미 때는 늦었다. 마차는 정문을 빠져나가 큰길로 빠르게 사라지고 있었다. 복서는 다시는 보이지 않았다.

사흘 후 복서가 윌링던의 병원에서 말이 받을 만한 치료는 모두 받았음에도 불구하고 숨을 거두었다는 발표가 나왔다. 스퀼러가 동물들에게 그 소식을 공표했다. 그는 복서가 임종할 때 자기도 그 자리에 있었다고 말했다.

"참으로 감동적인 장면이었소." 스퀼러가 한쪽 발을 들어 눈물 한 방울을 훔치며 말했다. "마지막 순간 나는 그의 곁에 있었소. 거의 말할 기운도 없는 그 마지막 순간에 그가 내 귀에 대고 말합디다. 풍차 완공을 보지 못하고 가는 것이 자기의 유일한 슬픔이라고 말입니다. '전진하시오, 동무들!' 하고 그가 말했어요. '반란의 이름으로 전진하시오. 동물농장 만세! 나폴레옹 동무 만세! 나폴레옹 동무는 언제나 옳다!'라고 그가 말했소. 그게 복서 동무의 마지막 말이었소."

이 대목에서 스퀼러의 태도가 돌변했다. 그는 잠시 말을 끊고 작은 눈으로 의심에 찬 눈길을 이리저리 던지다가 말을 계속했다.

그는 복서가 실려 갈 때 어떤 멍청하고 못된 소문이 나돌았다는 것을 자기는 안다고 말했다. 몇몇 동물들이 복서를 싣고 간 마차에 '말 도살업'이라는 문구가 쓰인 것을 보고는 복서가 폐마 도축업자에게 넘겨졌다는 성급한 결론을 내렸다고 스퀼러는 말했다. 그렇게 멍청한 동물도 있다니 믿을 수 없다고도 했다. 그는 꼬리를 흔들거리고 이쪽저쪽으로 깡충대며 분노에 찬 소리로 아니, 동무들은 우리의 경애하는 지도자 나폴레옹 동무를 겨우 그 정도로밖에는 생각지 않았느냐고 말했다. 스퀼러의 설명은 아주 간단했다. 그날 농장에 왔던 마차는 원래 폐마 도축업자의 소유였다가 후에 윌링던의 수의사에게 팔린 것이고 그 수의사는 미처 마차 천막에 쓰인 옛날 상호를 지우지 않았다는 것이다. 오해는 거기서 생긴 것이라는 게 스퀼러의 설명이었다.

동물들은 그 설명을 듣고 크게 안도했다. 이어 스퀼러는 복서의 임종 때 모습을 눈에 보이듯 생생하게 묘사했다. 복서가 극진한 치료를 받았고 나폴레옹 동무는 비용 같은 건 전혀 생각지 않고 값비싼 약을 쓰도록 배려했다고 그가 말했다. 그 얘기를 듣고 동물들의 모든 의심이 사라졌다. 복서가 적어도 행복하게 최후를 맞았다고 생각하자 동물들은 동료의 죽음으로 인한 슬픔을 달랠 수 있었다.

나폴레옹은 그다음 일요일 회의에 직접 나타나 복서를 찬양하는 짤막한 연설을 했다. 죽은 동무의 시체를 농장으로 가져와 묻어 줄 수는 없었지만 나폴레옹 자신이 본채 정원에서 자라는 월계수로 커다란 화환을 만들어 복서의 무덤에 보내도록 지시했다고 말했다. 그리고 돼지들은 며칠 후 복서를 기리기 위한 추도 연회를 열기로 했다고 그가 말했다. 나폴레옹은 복서가 생전에 좋아하던 두 모토를 동물들에게 상기시키는 것으로 연설을 끝냈다. "내가 더 열심히 한다."와 "나폴레옹 동무는 언제나 옳다." 이 두 가지 신조를 이제부터 모든 동물들이 각자 자신의 신조로 채택하는 게 좋을 것이라고 그는 말했다.

추도 연회가 열리기로 되어 있던 날, 윌링던의 어떤 식품 가게 마차 한 대가 농장으로 올라와 커다란 나무 상자 하나를 돼지들의 본채에 전달하고 돌아갔다. 그날 밤 본채에서는 왁자지껄한 노랫소리가 들리고, 시끄럽게 다투는 소리도 들리더니 밤 11시께에 와장창 유리 깨지는 소리와 함께 잠잠해졌다. 다음 날 정오가 될 때까지 본채에서는 돼지 한 마리도 부시럭거리지 않았다. 돼지들이 어디에선가 돈이 생겨 위스키를 한 상자나 사서 마셨다는 소문이 나돌았다.

10

여러 해가 흘렀다. 계절은 왔다가 가고 동물들의 짧은 생애
는 빠르게 사그라져 갔다. 농장에서는 클로버와 벤저민, 큰까
마귀 모지스, 돼지 몇몇을 빼고는 반란 이전의 옛날을 기억하
는 동물이 없었다.

염소 뮤리얼은 죽고 블루벨, 제시, 핀처 같은 개들도 죽었
다. 존스도 죽었다. 그는 영국 땅 어딘가의 술꾼 수용 시설에
서 숨을 거두었다. 스노볼은 잊혔다. 복서도 그를 기억하는 몇
몇 동물이 있을 뿐 잊힌 존재였다. 클로버는 이제 관절이 굳어
지고 눈에서는 끊임없이 분비물을 흘리는 늙고 뚱뚱한 암말
이 되어 있었다. 그녀는 은퇴 연령을 벌써 이 년이나 넘긴 나
이였지만 동물농장에서 나이 들어 정말로 은퇴 생활을 하는

동물은 지금껏 아무도 없었다. 목장 한구석을 떼어 나이 든 동물들의 노후 은퇴지로 삼는다던 얘기는 쑥 들어간 지 오래였다. 나폴레옹은 몸무게 150킬로그램의 성숙한 수퇘지가 되었다. 스퀼러는 눈이 파묻혀 보이지 않을 정도로 살이 쪄 눈을 뜨자면 한참 애를 써야 했다. 늙은 당나귀 벤저민만이 거의 옛 모습 그대로였다. 주둥이 있는 데가 조금 더 희끄무레하게 색이 바래고 복서가 죽은 뒤로 더 침울해져 말수가 더 줄어든 것 빼고는 말이다.

농장에는 당초 예상했던 것만큼 증가율이 높은 편은 아니었지만 새 식구들이 많이 불어나 있었다. 많은 동물들이 새로 태어났는데, 그들에게 '반란'이란 그저 입에서 입으로 전해지는 흐릿한 전통일 뿐이었다. 새로 사 들여온 동물들도 있었다. 그들은 이 농장에 오기까지는 반란 얘기를 들은 적도 없었다. 농장에는 클로버 말고도 말 세 마리가 더 있었다. 그들은 몸매가 날씬하고 일 잘하는 좋은 동무들이었지만 보통 우둔하지가 않았다. 셋 중 누구 하나도 알파벳의 에이와 비 두 자 외에는 깨치지 못했다. 그들은 오래전 반란 얘기나 동물주의의 원리에 대한 얘기라면 듣는 대로 다 믿었고 특히 클로버가 들려주는 얘기에 대해선 더 그랬다. 그들은 클로버를 부모 섬기듯 했지만 자기네가 들은 얘기를 제대로 이해하는지는 의심스러웠다.

농장은 옛날보다는 훨씬 더 번성하고 조직도 더 잘되어 있었다. 필킹턴에게서 밭을 두 군데나 구입해 농장 규모도 커졌다. 풍차는 드디어 성공리에 완성되었으며 탈곡기며 건초 승

강기도 들여오고 건물도 여러 채가 새로 들어섰다. 중개인 휨 퍼도 자기 소유의 경마차를 한 대 장만했다. 그러나 풍차는 전력을 생산해 내지는 못했고 주로 옥수수를 찧는 방아용으로 사용되었지만 거기서 생기는 현금 소득은 아주 짭짤했다. 동물들은 그런 풍차를 하나 더 세우느라 열심히 일하고 있었다. 그게 완공되면 발전소가 거기 설치된다고 했다. 하지만 한때 스노볼이 동물들에게 불어넣었던 호사스러운 꿈, 그러니까 전기가 들어오는 축사, 냉온수 시설, 주 삼 일 노동제 같은 것들은 더 이상 입에 오르지도 않았다. 이런 생각들은 동물주의의 정신에 어긋난다고 나폴레옹은 말했다. 동물들의 참다운 행복은 열심히 일하고 근검한 절약 생활을 하는 데 있다고 그는 말했다.

말하자면 농장은 그 자체로는 전보다 부유해졌으면서도 거기 사는 동물들은 하나도 더 잘살지 못하는(물론 돼지와 개 들은 빼고) 농장이 된 것 같았다. 돼지와 개 들이 너무 많은 것이 한 가지 이유일 성싶었다. 이들이 일을 하지 않는 것은 아니었다. 그들에게는 그들 나름의 일이 있었다. 스퀼러가 노상 설명하듯 돼지들에게는 농장을 지휘, 감독하고 조직하느라 일이 끝도 없이 많았다. 그런데 그 일이란 대부분 다른 동물들로선 무식해서 이해할 수 없는 것들이었다. 스퀼러는 돼지들이 매일 엄청난 노동을 해야 한다고 말했는데, 예를 들자면 그 노동은 '서류 파일'이니 '보고서'니 '의사록'이니 '각서'니 하는 신비한 것들을 만드는 일이었다. 이것들은 글자를 빼곡하게 써 넣은 널따란 종이들로서 일단 글자로 꽉 차고 나면 그 종이들은 아궁이로 들어가 불살라지곤 했다. 스퀼러는 그 일이 농장의 복지를 위해 최고로 중요한 것이라고 말했다. 하지만 돼지나 개 들이 자기네 먹을 식량을 제 손으로 생산하는 일은 없었다. 게다가 농장에는 개와 돼지 들이 너무 많았고 그들의 식욕은 언제나 왕성했다.

다른 동물들의 삶은, 그들이 알기로는 언제나 그 모양 그 꼴이었다. 그들은 늘 배가 고팠고 잠은 지푸라기 위에서 자고 물은 웅덩이에서 마시고 눈만 뜨면 밭에 나가 일을 해야 했다. 겨울에는 추위에 떨고 여름에는 파리 등쌀에 시달렸다. 나이 든 동물들은 때때로 흐릿한 기억을 더듬어 존스를 막 쫓아냈을 때인 반란 초기의 농장이 지금보다 더 살기 좋았던 것인지 아니면 더 못했던 것인지 기억해 보려 했다. 하지만 기억이 나지 않았다. 그들로서는 지금의 삶을 견주어 비교해 볼 건덕지가 없었다. 스퀼러가 읊어 대는 통계 숫자 말고는 어디 의존할 자료가 없었던 것이다. 그 통계 숫자를 보면 언제나 모든 게 더 나아지고 있다는 얘기였다. 동물들로선 전혀 풀 길 없는 문제였다. 그러나 어쨌든 지금으로선 동물들이 그런 걸 생각해 보며 앉아 있을 틈도 없었다. 오직 늙은 당나귀 벤저민만은 자신의 긴 생애를 한 토막도 빠짐없이 고스란히 기억하고 있다고 말했다. 그의 말인즉 지금의 사정이 옛날보다 더 나을 것도 못할 것도 없고 앞으로도 더 나아지거나 더 못해지지 않을 것이며 굶주림과 고생과 실망은 삶의 바꿀 수 없는 법칙이라는 것이었다.

그러나 동물들은 희망을 버리지 않았다. 더구나 그들 각자는 동물농장의 명예로운 일원이라는 생각을 한순간도 버린 적이 없었다. 온 영국 땅을 통틀어 동물들이 소유하고 동물들이 운영하는 농장은 아직도 그들의 그 동물농장 하나뿐이었다. 어린 새끼들은 물론 15~30킬로미터 떨어진 다른 농장에서 들여온 신참 동물들까지도 포함해서 모든 동물들은 자기네 농장이 단 하나뿐인 동물농장이라는 사실에 거듭거듭 놀라지 않을 수 없었다. 총이 발사되고 녹색 깃발이 게양대 끝에서 펄럭이는 걸 보고 있노라면 그들의 가슴은 한없는 긍지로 가득 차오르고, 그러면 얘기는 언제나 그 옛날의 영웅시대, 존스를 추방하고 일곱 계명을 만들고 큰 전투에서 인간 침략자들을 무찔렀던 그 옛날로 돌아가곤 했다. 그들은 옛 꿈 가운데 어느 하나도 버리지 않았다. 늙은 메이저가 예언했던 동물 공화국, 영국의 모든 푸른 들판에서 인간의 발길을 몰아낸 다음 세워질 그 동물 공화국의 꿈도 그들은 여전히 믿고 있었다. 언젠가 그 공화국의 날은 오리라. 비록 당장은 아니라 하더라도, 어쩌면 지금 생존해 있는 동물들의 살아생전에는 오지 않을지 몰라도, 그래도 그날은 오고 있었다. 어쩌면 동물들은 「영국의 짐승들」 노랫가락도 여기저기서 몰래 흥얼거리고 있을지 몰랐다. 아무도 감히 큰 소리로 그 노래를 부르지는 못했지만 동물농장에서 그 노래를 모르는 동물이 없다는 것만은 사실이었다. 그들의 삶이 고되고 모든 희망이 다 성취된 것은 아닐지 몰라도 동물들은 자기네가 여타 농장의 동물들과는 다른 존재라는 것을 알고 있었다. 그들이 배를 주린다면 그건 인간 독재자들을 먹여 살리느라 그러는 것이 아니었다. 그들이 고달프게 일한다 해도 그 노동은 최소한 그들 자신을 위한 것이었다. 그들 중 누구도 두 발로 걷는 동물은 없었다. 어느 동물도 다른 동물을 '주인님'이라 부르지 않았다. 모든 동물들은 평등했다.

초여름 어느 날, 스퀼러는 양들에게 자기를 따라오라 하는 농장 한끝의, 지금은 아무 용도에도 쓰이지 않는 미개간지로 데리고 갔다. 그곳은 어린 자작나무들로 덮여 있었다. 양들은 스퀼러의 감독 아래 자작나무 잎을 뜯어 먹으며 거기서 온종일을 보냈다. 저녁이 되자 스퀼러는 양들에게 모두 거기 남아 있으라 해 놓고(마침 날씨는 따뜻했다.) 자기만 혼자 본채로 돌아왔다. 결국 양들은 거기서 일주일을 보냈고 그동안 다른 동물들은 농장에서 양들을 볼 수 없었다. 스퀼러는 매일 대부분의 낮 시간을 양들과 함께 보냈다. 양들에게 무슨 새 노래를 하나 가르치는데, 그러자면 비밀이 유지되어야 한다는 것이었다.

양들이 다시 농장으로 돌아온 직후의 어느 날씨 좋은 저녁, 일을 끝낸 동물들이 막 농장 축사로 돌아가고 있는데 마당 쪽에서 크게 놀란 듯한 말 울음소리가 들려왔다. 동물들은 깜짝 놀라 발을 멈추었다. 클로버의 목소리였다. 그녀의 울음소리가 다시 들렸고 동물들은 마당으로 달려갔다. 클로버를 놀라게 한 그 광경을 다른 동물들도 보았다.

돼지 하나가 두 발로 서서 걷고 있었다.

스퀼러였다. 그는 상당한 덩치의 몸뚱이를 두 발로 지탱하는 것이 아직은 익숙하지 않은 듯 약간 어색하게, 그러나 완벽하게 균형을 유지하면서, 뒷발로 서서 마당을 걷고 있었다. 그러자 다음 순간 돼지들이 길게 한 줄로 행렬을 지어 본채 문밖으로 걸어 나왔다. 모두 스퀄러처럼 뒷발로 선 직립 보행의 자세였다. 그들이 두 발로 걷는 실력은 고르지 않아서 다른 돼지들보다 훨씬 잘 걷는 돼지도 있었고, 한두 돼지는 걷는 꼴이 위태로워 지팡이의 도움이 필요할 것 같아 보이긴 했지만 자빠지는 녀석 없이 모두 제대로 마당을 걸어 다녔다. 개들이 요란하게 짖어 대는 소리와 검은 수탉의 날카로운 나팔 소리가 나면서 이윽고 나폴레옹이 거만한 눈길을 좌우로 던지며 걸어 나왔다. 당당하게 선 자세였다. 개들이 그의 주위를 뛰어다녔다.

나폴레옹은 앞발굽에 회초리를 들고 있었다.

죽은 듯한 침묵이 흘렀다. 놀라고 겁먹은 동물들은 줄지어 천천히 마당을 걷고 있는 돼지들의 긴 행렬을 지켜보며 한쪽에 몰려 서 있었다. 마치 온 세상이 거꾸로 선 것 같았다. 첫번째 충격이 웬만큼 가시고 나자 동물들은 개들에 대한 공포에도 불구하고, 또 무슨 일이 있어도 절대로 불평하지 않고 비판도 하지 않는, 그 오랜 세월 몸에 붙은 버릇에도 불구하고 이번에는 어떻게든 항의를 좀 제기해야겠다는 생각이 한순간 퍼뜩 머리에 떠올랐다. 그러나 바로 그때, 무슨 신호를 받기라도 한 듯 양들이 일제히 목청을 높여 우렁차게 외쳐 대기 시작했다.

"네 발은 좋고 두 발은 더 좋다! 네 발은 좋고 두 발은 더 좋다! 네 발은 좋고 두 발은 더 좋다!"

양들의 외침은 오 분이나 계속되었다. 그들이 잠잠해졌을 때는 이미 돼지들이 본채로 돌아가 버린 뒤라 항의고 뭐고 제기해 볼 기회가 없었다.

당나귀 벤저민은 누군가가 자신의 어깨에 코를 비벼 오는 것을 느꼈다. 돌아보니 클로버였다. 클로버의 늙은 눈이 어느 때보다 더 흐릿해 보였다. 그녀는 아무 말 없이 부드럽게 벤저민의 갈기를 끌어 일곱 계명이 있는 헛간 벽 쪽으로 그를 데리고 갔다. 잠시 동안 그들은 흰 글자들이 쓰인 꺼먼 타르 벽을 쳐다보며 서 있었다.

"이젠 눈이 보이지 않는군." 한참 만에 클로버가 말했다. "젊을 때도 난 저기 쓰여 있는 글들을 읽지 못했어. 그런데 저 벽이 좀 달라진 것 같지 않아? 일곱 계명이 그대로 있긴 있는 거야?"

벤저민은 이런 일에 끼어들지 않는다는 자신의 규칙을 이번 한 번만은 깨기로 하고 벽에 쓰여 있는 글들을 클로버에게 읽어 주었다. 일곱 계명은 오간 데 없고 단 하나의 계명만이 거기 적혀 있었다. 그 계명은 이러했다.

모든 동물은 평등하다.
그러나 어떤 동물은 다른 동물들보다 더 평등하다.

그 후로는, 이를테면 다음 날 농장 일을 감독하러 나온 돼지들이 하나같이 앞발굽에 회초리를 들고 있는 것이 이상해 보이지 않았다. 또 돼지들이 라디오를 사고 전화를 놓을 계획이며 《존 불》이니 《팃 비츠》니 《데일리 미러》니 하는 신문, 잡지들의 정기 구독을 신청했다는 소식이 들려왔지만 그것도 이상해 보이지 않았다. 나폴레옹이 입에 파이프를 물고 본채 정원을 산책하는 것이 눈에 띄었지만 그것도 이상해 보이지 않았다. 그랬다. 이상해 보이지 않았다. 돼지들이 본채 옷장에서 존스의 옷들을 꺼내 입고 나온 것도 이상해 보이지 않았고, 나폴레옹 자신이 검은 코트에 반바지 사냥복과 가죽 각반 차림으로 나타난 것도, 또 그의 총애를 받는 암퇘지가 옛날 존스 부인이 일요일이면 입곤 하던 물결무늬 비단옷을 걸치고 나온 것까지도 이상해 보이지 않았다.

일주일이 지난 어느 오후, 경마차 여러 대가 농장으로 올라왔다. 근처의 농장주 대표단이 동물농장 시찰에 초대된 것이다. 그들은 농장을 구석구석 둘러보면서 무얼 보건 간에 보는 족족 큰 존경을 표시했다. 특히 풍차에 대해서 그랬다. 동물들은 순무밭에서 김을 매고 있었다. 동물들로선 돼지들을 더 무서워해야 할지 아니면 인간 방문객들을 더 두려워해야 할지 알 수 없어 고개를 떨구고 땅만 내려다보며 일했다.

그날 저녁 본채에서는 요란한 웃음소리와 고래고래 노래 부르는 소리가 흘러나왔다. 인간과 동물의 음성이 뒤섞인 그 소리를 듣고 있던 동물들은 갑자기 호기심이 동했다. 동물과 인간이 처음으로 평등한 자격으로 만나는 자리인 만큼 지금 거기서 어떤 일이 벌어지고 있을까 동물들은 궁금했다. 그들은 모두 한 덩어리가 되어 살금살금 발소리를 죽이며 본채 정원으로 기어갔다.

본채 정문에서 그들은 더럭 겁이 나 잠시 멈칫했지만 클로버가 그들을 끌고 정원으로 들어섰다. 그들은 발끝으로 걸어 본채 가옥으로 접근했고 키가 큰 동물들은 목을 빼고 응접실 창문 안을 기웃거렸다. 응접실에는 농장주 여섯 명과 돼지들 중에서도 급이 높은 명사 돼지 여섯이 기다란 탁자 주위로 앉아 있는 게 보였고 나폴레옹은 탁자 상석의 주인 자리에 앉아 있었다. 의자에 앉은 돼지들은 어색한 기색 없이 아주 자연스러워 보였다. 일동은 카드놀이를 하다 말고 필시 술을 한 순배 더 돌릴 참으로 잠시 쉬는 중인 것 같았다. 커다란 맥주잔들이 돌았고 빈 잔에는 계속 맥주가 따라졌다. 창문으로 동물들이 안을 들여다보고 있다는 것은 아무도 눈치채지 못했다.

폭스우드 농장의 필킹턴 씨가 맥주잔을 손에 들고 일어났다. 자기는 이제 곧 일동에게 건배를 청할 생각인데 건배에 앞서 우선 몇 마디 하고 싶다고 그는 말했다.

그동안의 오랜 불신과 오해가 마침내 끝난 것을 자기는 대단히 만족스럽게 생각하며 여기 참석한 다른 사람들도 필시 같은 생각일 것으로 안다는 말로 필킹턴의 연설은 시작되었다. 과거 한때에는, 물론 필킹턴 자신이나 지금 여기 참석한 사람들은 어느 누구도 그런 생각을 한 적이 없지만, 좌우간 과거 한때에는 동물농장의 인간 이웃들이 이 농장의 존경스러운 경영자들을 글쎄, 꼭 적대감이라고 말하고 싶진 않지만 어느 정도 불안한 마음으로 대한 적이 있었다. 불행한 일들도 있었고 잘못된 생각이 퍼지기도 했다. 돼지들이 소유하고 운영하는 농장이 있다는 사실 자체가 비정상이라 여겨졌고 자칫하면 이웃에 좋지 않은 영향을 미칠 수 있다고 생각되기도 했다. 많은 농장주들이 진상을 확실히 알아보지도 않고 방종과 무질서가 동물농장을 지배하게 될 것이라 단정했다. 그들은 자기네 농장의 동물들과 심지어 인간 일꾼들에게도 동물농장의 영향이 미치지 않을까 걱정했던 것이다. 그러나 그 모든 의혹들은 이제 깨끗이 사라졌다. 오늘 자신이 친구들과 함께 동물농장을 구석구석 두 눈으로 시찰했는데 그 결과 무엇을 발견했을까? 가장 현대적인 경영 방식뿐만 아니라 높은 규율과 질서를 발견했으며 이는 다른 모든 농장들의 귀감이 될 만한 것이었다. 자신은 동물농장의 등급 낮은 동물들이 영국의 어느 농장 동물들보다도 일은 많이 하면서 먹기는 적게 먹는 효율성을 발휘하고 있다고 생각한다, 자신과 동료 방문객들은 이런 많은 장점들을 오늘 동물농장에서 발견했고, 그것들을 즉시 자기네 농장들에 도입할 생각이다.

필킹턴의 연설은 계속됐다. 자신은 동물농장과 이웃 농장들이 서로 갖고 있는, 그리고 당연히 가져야 할 우호적 감정을 다시 한번 강조하는 것으로 말을 마칠까 한다고 그는 말했다. 동물들과 인간들 사이에는 어떤 이해관계의 충돌도 없고 그런 충돌이 있을 필요도 없다, 그들의 투쟁과 그들의 어려움은 하나이고 같은 것이다, 노사 문제는 어디서나 같은 문제가 아닌가? 이 대목에서 필킹턴 씨는 자신이 신경 써서 준비해 온 어떤 재치 있는 말 한마디를 좌중에 던지려 했던 것이 분명했다. 그러나 그 말을 하기도 전에 그는 자기가 할 말의 재미에 자기가 먼저 취해 목이 막히고 말았다. 한참 콜록거리다가(콜

록거리느라 그의 세 겹 턱살이 벌겋게 달아올랐다.) 그는 마침내 말했다. "동물농장의 주인 여러분, 당신들에게 다스려야 할 하급 동물들이 있다면, 우리 인간들에겐 다스려야 할 하층 계급들이 있습니다." 이 '명언'에 온 좌중이 함성을 질렀다. 필킹턴 씨는 다시 한번 동물농장이 식량 배급은 줄이면서 노동 시간은 늘린 것을 축하하고 그가 본 대로 이 농장에서는 동물들이 제멋대로 행동하는 일이 없다는 것도 축하했다.

마지막으로 그는 일동에게 모두 일어나 잔을 가득 채우라고 요청했다. "자, 여러분, 건배합시다. 동물농장의 번영을 위하여!"

열광적인 환성과 발 구르는 소리가 들렸다. 나폴레옹은 필킹턴이 너무 고마웠던지 자리에서 일어나 탁자를 돌아 필킹턴에게로 가서 잔을 그의 술잔에 쨍 한 번 부딪치고는 술을 들이켰다. 환성이 가라앉자 나폴레옹이 여전히 선 자세로 자기도 한마디 하고 싶다고 말했다.

나폴레옹의 다른 때 연설들처럼 이번 것도 짧고 간략했다. 자신도 이제 오해의 시대가 끝난 것을 기쁘게 생각한다. 자신과 동료 돼지들의 사상이 불온하고 심지어 혁명적이기까지 하다는 소문들(그 소문은 악의를 품은 적들이 퍼뜨린 것으로 아는데)이 오랫동안 나돌았고 이웃 농장 동물들을 부추겨 반란을 기도하고 있다고 알려지기도 했다. 그러나 그건 전혀 진실이 아니다. 자신들의 유일한 소망은, 지금도 그렇고 과거에도 그랬듯, 이웃 농장들과 정상적인 사업 거래를 하면서 평화롭게 사는 것이다. 이 대목에서 나폴레옹은 자신이 관리하는 이 농

장이 협동 업체이며 자신이 갖고 있는 농장 권리 증서는 돼지
들의 공동 소유라고 말했다.

그는 계속했다. 자신은 지난날의 의혹이 아직도 남아 있다
고는 생각하지 않지만 농장의 관행들 가운데 일부를 최근 뜯
어고치기로 했고 이는 농장의 대외 신뢰를 증진할 것이라고
그는 말했다. 지금까지 농장의 동물들은 서로 '동무'라고 불러
왔지만 이 우스운 습관은 앞으로 금지할 방침이다. 또 하나 매
우 이상한 관습으로는, 언제부터 시작된 건지 모르지만, 동물
들이 매주 일요일 아침 마당의 깃발 게양대에 못으로 박아 놓
은 어떤 수돼지의 두개골 앞을 행진하는 것이 있는데 이 관습
역시 금지하기로 한다. 그 두개골은 이미 땅에 묻혔다. 오늘 방
문객들은 또 게양대에서 펄럭이는 녹색 깃발을 보았을 것이
다. 그렇다면 방문객들은 지금까지 그 깃발에 흰색으로 그려
져 있던 발굽과 뿔이 이제 제거되고 없다는 것도 보았으리라.
앞으로는 단순한 녹색 깃발만 사용될 것이다.

그런데 아까 필킹턴 씨가 들려준 우호적이고 탁월한 연설에
서 딱 한 가지 토를 달고 싶은 것이 있다고 나폴레옹은 말했
다. 필킹턴 씨는 이 농장을 계속 '동물농장'이라고 불렀으나 이
제 '동물농장'이라는 명칭은 폐지된다. 이 사실은 나폴레옹 자
신이 지금 처음으로 공표하는 것이니 필킹턴 씨가 몰랐던 것
은 당연하다. 이제부터 이 농장은 '메너 농장'으로 불릴 것이
며 이는 이 농장의 정확한 원래 이름인 것으로 자신은 알고
있다.

"여러분." 연설을 끝낸 나폴레옹이 말했다. "아까 필킹턴 씨

처럼 나도 똑같은 건배를 하고 싶소. 그러나 형식은 좀 다르오. 잔을 가득 채우시오. 자, 건배합시다. 메너 농장의 번영을 위하여!"

아까처럼 다시 한번 열렬한 환성이 일었고 잔들은 바닥까지 비워졌다. 그러나 동물들이 창 밖에서 안을 들여다보고 있는 사이 뭔가 이상한 일이 일어나고 있는 것 같았다. 돼지들의 얼굴에 무슨 변화가 일어난 것 같은데 뭐가 변한 것일까? 클로버의 침침한 눈이 이 돼지에서 저 돼지로 옮겨 다녔다. 어떤 돼지는 턱이 다섯 개, 어떤 돼지는 네 개, 또 어떤 돼지는 세 개였다. 돼지들의 얼굴에서 뭔가가 녹아내리고 변하는 것 같은데, 그게 뭘까? 그러자 응접실의 박수와 환성이 잠잠해지면서 그 안의 인간과 돼지 들은 중단됐던 카드놀이를 다시 계속했고 밖의 동물들은 소리 없이 정원을 빠져나왔다.

그러나 동물들은 채 20미터도 안 가 발을 멈추었다. 본채에서 요란한 고함 소리가 터져 나왔던 것이다. 동물들은 다시 창문으로 달려가 안을 들여다보았다. 아니나 다를까, 험악한 말싸움이 벌어지고 있었다. 방 안은 고함 소리, 탁자 치는 소리, 의심에 찬 눈길, "그게 아니라니까."라며 맹렬하게 부정하는 소리로 가득했다. 보아하니 나폴레옹과 필킹턴이 카드놀이를 하다가 둘이 동시에 똑같은 스페이드 에이스를 내놓은 것이 싸움의 발단이었다.

열두 개의 화난 목소리들이 서로에게 고함을 치고 있었고, 그 목소리들은 서로 똑같았다. 그래, 맞아, 돼지들의 얼굴에 무슨 변화가 일어났는지 이제 알 수 있었다. 창 밖의 동물들은 돼지에게서 인간으로, 인간에게서 돼지로, 다시 돼지에게서 인간으로 번갈아 시선을 옮겼다. 그러나 누가 돼지고 누가 인간인지, 어느 것이 어느 것인지 이미 분간할 수 없었다.

(1943년 11월~1944년 2월)

자유와 행복

그런 책이 있다는 얘기를 들은 지 여러 해가 지나서 나는
마침내 예브게니 자미아틴의 소설 『우리들』을 한 권 구해 읽
을 기회가 있었다. 이 소설은 책을 불태우는 이 사상 통제 시
대의 진기한 문학적 흥밋거리 가운데 하나다. 글레프 스트루
베가 쓴 『소비에트 러시아 문학 25년』이라는 책을 보니 이 소
설의 역사는 이러하다.

1937년 파리에서 죽은 자미아틴은 러시아 혁명을 전후해서
다수의 책을 써낸 소설가이자 비평가였다. 그가 『우리들』을
쓴 것은 1923년이다. 따라서 이 소설은 지금의 소비에트 러시
아에 관한 것도 아니고 현대 정치와 직접 관련된 것도 아니다.
그것은 기원후 26세기를 다룬 판타지 소설이다. 그런데도 이
소설은 이데올로기가 불온하다는 이유로 러시아에서 출판이
거부되었다. 소설의 원고 한 부가 러시아 밖으로 유출되어 영

어, 프랑스어, 체코어로 번역되었지만 정작 러시아어 판은 나오지 않았다. 영역본은 미국에서 나왔으나 나는 그 영역본을 구할 수가 없었다. 마침 프랑스어 번역본이 몇 권 남아 있어서 하나를 빌려 볼 수 있었다. 내가 보기에 이 작품은 일급 소설은 아니지만 비범한 작품임에는 틀림없다. 영어권 출판사들이 영역본 재판을 내지 않는 것은 놀라운 일이다.

소설 『우리들』을 읽는 사람이 우선 주목하게 되는 것은 올더스 헉슬리의 『멋진 신세계』가 적어도 부분적으로는 자미아틴의 이 소설에 기원을 두고 있다는 사실이다. 두 소설은 모두 합리화, 기계화가 달성되고 고통이 없어진 세계에서 그 세계에 대항하는 원초적 인간 정신의 반란을 다루고, 두 소설 모두 지금부터 대략 600년 후에 일어나는 이야기다. 두 소설의 분위기도 서로 유사하고 두 작품에 묘사된 사회의 성격도 대체로 동일하다. 다만 헉슬리의 경우는 자미아틴에 비해 정치적 의식이 훨씬 약하고 최근의 생물학 및 심리학 이론들에 더 많은 영향을 받았다.

자미아틴이 그려 낸 26세기 '이상향(Utopia)'의 주민들은 개인성을 완전히 상실하고 숫자로만 호칭된다. 주민들은 유리로 된 집에 살고 있어(이 소설은 텔레비전이 나오기 전의 것이다.) '보호자'로 불리는 정치 경찰이 쉽사리 감시할 수 있다. 그들은 모두 똑같은 옷을 입고 있으며 어떤 숫자 또는 '유니프(유니폼)'로 지칭된다. 그들은 합성 식품을 먹고, 평상시의 휴식 활동은 확성기에서 '단일국(Single State)'의 국가가 울려 나오는 동안 네 발로 기어 행진하는 것이다. 정해진 사이사이의 시간에 주민들은 유리 집의 커튼을 내리고 한 시간 동안 이른바 '섹스 시간'을 가질 수 있다. 물론 결혼 제도 같은 것은 없다. 그러나 주민들의 성생활이 아주 난잡하지는 않다. 성행위를 위해 주민들은 각자 분홍색 티켓 북을 배급받아 갖고 있다가 섹스 시간이 되면 파트너가 그 티켓 북에서 표 한 장을 떼 내고 부본에 사인하게 되어 있다. '단일국'을 다스리는 자는 '시혜자(Benefactor)'라 불리는 인물로서 해마다 전체 주민에 의해 재선되는데, 투표는 언제나 만장일치다. 이 단일국의 지도 원리는 "자유와 행복은 양립하지 않는다."라는 것이다. 에덴동산에서 인간은 '행복'했지만 어리석게도 '자유'를 요구했다가 황야로 쫓겨나지 않았던가? 이제 단일국은 인간의 자유를 제거함으로써 행복을 되찾아 준 것이다.

여기까지 헉슬리의 『멋진 신세계』와의 유사성은 아주 현저하다. 그러나 자미아틴의 소설은 짜임새가 조밀하지 못한 반면(구성이 다소 약한 데다 플롯에 에피소드가 많고 복잡해서 요약하기가 어렵다.) 헉슬리의 『멋진 신세계』에는 빠지고 없는 어떤 정치적 포인트를 갖고 있다. 헉슬리의 '신세계'에서는 사람이 태어나기 전에 이미 의학 요법, 약물, 최면술 등의 방법으로 인간 유기체를 원하는 방향으로 전문화시킬 수 있고, 그래서 이른바 '인간 본성'의 문제가 어떤 점에서 해결된다. 그 세계에서는 저능아 계급인 엡실론 인간은 물론 일급의 과학자까지 손쉽게 만들어 낼 수 있어서 모성애라든가 자유에 대한 욕망 같은 인간의 원초적 본능들이 쉽게 제거되고 처리될 수 있다. 하지만 사회가 이 소설에서 그려진 것처럼 그토록 정교하게 계층화되어야 하는 이유가 무엇인지는 분명하게 제시되지 않는다. 경제적 착취가 목적인 것도 아니고 인간들을 겁주고 지배하려는 욕망도 그 동기 같아 보이지 않는다. 권력욕이나 사디즘 혹은 기타 어떤 종류의 가혹함도 존재하지 않는다. 꼭대기 지배층의 인간들은 반드시 꼭대기에 올라앉아 있어야 할 어떤 강한 동기도 갖고 있지 않다. 그 사회의 사람들은 무의미하게 행복하고 삶은 어떤 목적도 없어서 과연 그런 사회가 유지될 수 있을지 믿기 어렵다.

반면 자미아틴의 소설은 대체로 우리의 현재 상황에 훨씬 더 적실하다. 자미아틴이 그린 나라에는 교육이 있고 보호자 계급의 감시가 있음에도 불구하고 사람들에게는 여전히 오래된 인간 본능이 상당수 그대로 남아 있다. 소설의 화자는 D-503으로, 재능 있는 엔지니어이지만 동시에 재래식 인간인 그는 런던 타운의 이상향적 인물 빌리 브라운과 비슷하고 그를 사로잡는 격세 유전적 충동들 때문에 스스로 끊임없이 놀라는 인물이다. 그는 I-330이라는 여자와 사랑에 빠지는데(물론 이 나라에서 사랑은 범죄다.) 이 여자는 지하 저항 운동의 일원이며 D-503을 설득해 한동안 반란에 참여토록 하는 데 성공한다. 반란이 일어났을 때 통치자인 '시혜자'에 맞서는 반란자들의 수는 상당히 많아 보인다. 이들은 단일국의 전복을 기도하는 것 외에도 유리 집의 커튼을 내리는 시간이면 담배를 피우고 술을 마시는 등의 금지된 일들을 행한다. D-503 자신은 이런 어리석은 행동들로 초래된 결과들을 모면한다. 당국은 최근 발생한 난동의 원인을 발견했다고 발표한다. 일부 인간들이 '상상력'이라는 질병에 걸려 난동을 부렸다는 것이다. 신경 중추 가운데 상상력을 일으키는 부위가 밝혀지고 그 질병은 X선 요법으로 치료가 가능해진다. D-503은 이 수술을 받고 그 이후 그는 지금까지 무엇을 해야 하는지 알면서도 하지 않았던 어떤 일을 아주 쉽게 수행할 수 있게 된다. 그것은 반란 가담자들을 경찰에 부는 일이다. 그는 자기가 사랑했던 I-330이 유리 갓 밑에서 압축 공기로 고문당하는 모습을 아주 태연히 지켜볼 수 있게 된다.

그녀는 의자 팔걸이를 두 손으로 꽉 잡고, 눈이 완전히 가려질 때까지 나를 바라보았다. 그들은 그녀를 다시 끌어내어 전기 충격으로 정신을 차리게 한 다음 또다시 유리 갓 밑으로 밀어 넣었다. 이 수술은 세 번 반복되었지만 여자의 입에서는 한마디 말도 나오지 않았다.

그녀와 함께 잡혀 온 다른 사람들은 훨씬 쉽게 입을 열었다. 그들의 상당수가 단 한 번의 수술 끝에 자백했다. 내일 아침 그들은 모두 시혜자의 '기계'로 보내질 것이다.

시혜자의 '기계'는 기요틴이다. 자미아틴의 이상향에서는 많은 처형이 행해진다. 처형은 시혜자가 참석한 가운데 공개리에 실시되고 처형이 끝나면 관선 시인들이 나와 승리의 송시들을 낭송한다. 물론 이 나라의 기요틴은 옛날에 사용되던 식의 조잡한 처형 도구가 아니라 희생자를 문자 그대로 깡그리 없애 버리는 아주 신형 모델이다. 거기서 처형되는 자는 한순간에 연기 한 줌과 맑은 물 한 웅덩이로 변해 버린다. 이 처형은 인간 희생이며, 소설에서 그 처형 장면이 묘사되는 대목은 의도적으로 음침한 고대 노예 문명들의 색깔을 띤다. 자미아틴의 소설은 인간 희생, 잔혹성 자체를 목적으로 하는 잔혹성, 신처럼 성스러운 속성을 갖고 있다는 '지도자'에 대한 숭배 등 전체주의의 비이성적 측면을 직관적으로 포착하고 바로 그 점 때문에 헉슬리의 소설보다 탁월하다.

이 소설이 소비에트 러시아에서 왜 판금되었는가는 이해하기 어렵지 않다. D-503과 I-330이 나누는 다음의 대화(내가 다소 압축했다.)는 검열관의 빨간 색연필을 바쁘게 하고도 남았을 것이다.

"당신이 지금 말하는 게 혁명이라는 걸 아시오?"

"물론 혁명이죠. 그래선 안 될 이유가 있나요?"

"혁명이 '있을 수' 없기 때문이오. '우리의' 혁명이 마지막 혁명이었소. 그러니까 또 혁명이 있을 순 없어요. 이건 누구나 다 아는 일이오."

"세상에, 당신은 수학자 아니던가요? 마지막 숫자가 뭐죠? 말해 보세요."

"마지막 숫자라니, 무슨 소리요?"

"그럼 제일 큰 숫자라고 해요. 제일 큰 숫자는 뭐예요?"

"말도 안 돼. 숫자는 무한하오. 마지막 숫자란 있을 수 없소."

"그럼 마지막 혁명이란 말은 왜 하세요?"

이 밖에도 이것과 유사한 대목들이 소설 여기저기에 나온다. 그러나 자미아틴이 의도적으로 소비에트 정권을 특별히 이 풍자 소설의 과녁으로 삼으려 했던 것은 아닐 것이다. 이 소설은 레닌이 죽을 무렵에 쓰였으니 작가가 스탈린 독재를 염두에 두었을 수는 없으며 1923년의 러시아 상황이라는 것도 사람들의 삶이 너무 안전하고 너무 편안해진다는 이유로 누군가 봉기를 생각할 만한 상황은 아니었다. 자미아틴은 특정 국가를 노린 것이 아니라 산업 문명의 암시적 목표를 풍자하려 했던 것 같다. 나는 자미아틴의 다른 작품들은 읽지 못했지만 글레프 스트루베의 책을 보니 자미아틴은 영국에도 수년간 체류한 적이 있고 영국인의 삶을 통렬하게 풍자한 글들도 썼다고 한다. 소설『우리들』에서 분명하게 드러나는 것은 자미아틴이 원시주의에 강하게 경도되었다는 점이다. 1906년 차르 정부 아래에서 투옥되고 1922년에는 볼셰비키의 손에 다시 투옥되어 같은 감옥에서 두 번이나 복역한 자미아틴으로서는 그가 살아온 나라의 정치 정권을 싫어할 이유가 있었지만, 그의 소설은 단순한 불만의 표현이 아니다. 사실 그의 소설은 '기계(Machine)'에 대한 고찰, 인간이 경솔하게 병뚜껑을 열어 내보냈지만 다시는 병 속으로 되잡아 넣을 수 없게 된 마귀에 대한 연구다. 이 소설은 영역본이 다시 나올 경우 우리가 챙겨 봐야 할 작품이다.

(1946년)

나는 왜 쓰는가

아주 어릴 때부터, 그러니까 다섯 살이나 여섯 살 때부터 나는 내가 커서 작가가 될 것임을 알았다. 열일곱 살에서 스물네 살이 되기까지의 시기에 나는 작가가 되겠다는 생각을 포기하려 했지만 그게 내 진정한 본성에 어긋나는 짓이고 결국은 내가 오래지 않아 책상에 앉아 책을 쓰게 되리라는 생각을 떨쳐 버릴 수 없었다.

나는 세 아이 중에서 중간이었다. 위아래로는 각각 다섯 살씩의 터울이 졌고 여덟 살이 될 때까지 나는 거의 아버지를 보지 못했다. 이것과 몇 가지 다른 이유들이 작용해서 나는 좀 외로운 편이었으며 좋지 않은 버릇들이 몸에 붙어 초등학교를 다닐 때도 인기가 없었다. 나는 이야기를 지어내고 상상의 인물들과 대화하는 외로운 아이의 버릇을 갖고 있었다. 그러니까 처음부터 문학에 대한 나의 포부는 내가 외톨이이고 제대로 평가받지 못하고 있다는 느낌과 뒤섞인 것이었다. 나는 내게 말을 다루는 재주와 불쾌한 사실들을 직면하는 능력이 있다는 것을 알았다. 이 능력 덕분에 나는 나만의 비밀스러운 사적 세계를 만들고 그 세계로 들어가 내가 일상의 삶에서 겪은 실패들에 보복할 수 있었다. 그러나 유년기와 소년기를 통틀어 내가 쓴 진지한(말하자면 진지한 의도로 쓴) 글은 모두 합쳐 봐야 여섯 장도 되지 않았다. 네 살인가 다섯 살 때 나는 처음으로 시를 썼다. 썼다기보다는 내가 읊조리고 어머니가 받아쓴 것이었다. 그 시에 대해서는 지금 아무 기억도 남아 있지 않지만, 그게 호랑이에 관한 것이었고 호랑이 이빨을 "걸상 같은 이빨"(제법 그럴듯한 표현 아닌가?) 어쩌고 하며 묘사했던 생각이 난다. 지금 생각하면 필시 윌리엄 블레이크의 「호랑이, 호랑이」를 표절한 것이 아니었나 싶다. 열한 살 때 1차 세계 대전이 터졌는데 그때 내가 쓴 사뭇 애국적인 시 한 편이 지방 신문에 실렸다. 그로부터 이 년 뒤 허레이쇼 키치너의 죽음에 대해 쓴 시도 신문에 났다. 조금 더 나이가 들면서 나는 이따금 조잡하고 대개는 미완의 '자연시'들을 조지 왕조 시대의 양식으로 썼다. 두어 차례 단편 소설도 시도해 보았지만 형편없는 실패작이었다. 이것이 그 시절 내가 종이에 실제로 써 본 자칭 '진지한' 글의 전부였다.

그렇지만 이 기간 내내 나는 어떤 의미에서 문학 활동이라 부를 만한 일을 하고 있었다. 우선 생각나는 것은 무슨 일이 있을 때 주문에 맞춰 쓰는 행사용 글이었다. 이 종류의 글을 나는 빠르고 쉽게 쓸 수 있었으나 스스로 큰 즐거움은 느끼지 못했다. 학교 숙제 외에 나는 지금 생각해도 아주 놀라운 속도로 희극시 비슷한 행사용 시들을 썼고(열네 살 때 나는 아리스토파네스를 흉내 낸 각운 희곡 한 편을 일주일 만에 써 냈다.) 학교의 여러 잡지 인쇄물과 원고 편집을 도왔다. 그 잡지들은 아주 형편없는 광대놀음 같은 것들이었지만, 요즘의 싸구려 신문, 잡지들에 비하면 오히려 봐줄 만했다. 그러나 이 모든 활동들과 함께 나는 십오 년 혹은 그 이상의 기간 동안 아주 다른 종류의 '문학 연습'도 하고 있었다. 그것은 나 자신에 관한 '이야기'를 계속 만들어 내는 일이었다. 말하자면 마음속에만 존재하는 일종의 일기 같은 것인데, 이는 유년기의 아이들과 청소년들에게 흔히 있는 버릇인 것 같다. 꼬마 시절 나는 내가 이를테면 로빈 후드라 생각했고 신나는 모험담의 주인공 자리에 나를 앉혀 보곤 했다. 그러나 자신에 대한 이런 '이야기'는 얼마 안 가서 불쑥 나르시시즘을 잃었고, 대신 내가 한 일이나 눈으로 본 것을 열심히 '묘사'해 보는 일에 점점 더 열중하게 되었다. 그래서 어떤 때는 몇 분씩 내 머리에 이런 문장들이 흐르곤 했다. "그는 문을 밀치고 방 안으로 들어섰다. 노란 광선 한 줄기가 모슬린 커튼을 뚫고 들어와 탁자에 비스듬히 비쳤고 탁자 위에는 반쯤 열린 성냥갑 하나가 잉크병 옆에 놓여 있었다. 오른손을 주머니에 넣은 채로 그는 창문 쪽으로 걸어갔다. 길에서는 얼룩 고양이 한 마리가 죽은 나뭇잎을 쫓고 있었다." 어쩌고저쩌고. 이 버릇은 나의 비문학적 연대랄 수 있는 스물다섯 살 때까지도 계속되었다. 이런 묘사를 위해 나는 정확한 어휘들을 찾아야 했고 실제로 찾아보기도 했지만,

당시 나는 스스로 좋아서라기보다는 외부로부터의 어떤 충동 때문에 그런 묘사 작업을 했던 것 같다. 생각건대 나의 '이야기'는 각기 다른 나이 때의 내가 그때그때 존경한 이런저런 작가들의 문체를 반영한 것이었을 테지만, 지금 기억으로는 언제나 뭔가를 꼼꼼하게 묘사해 보는 것이었다.

열여섯 살쯤 되어서 나는 돌연 말의 재미, 말의 소리와 연상이 주는 재미를 발견했다. 예컨대 『실락원』에 나오는

그래서 그는 힘들게 온몸으로 버둥대며
나아갔다, 힘들게 온몸으로 버둥대며 그는,

So hee with difficulty and labour hard
Moved on: with difficulty and labour hee,

라는 두 행은 지금 보면 뭐 그리 대단한 것 같지 않지만, 당시에는 두 줄을 읽는 순간 내 몸에 짜릿한 전율이 흘렀다.

'그(he)'라는 대명사의 철자가 'hee'로 되어 있는 것도 또 다른 즐거움이었다. 사물 묘사의 필요성에 대해서는 이미 알 만큼 아는 터였다. 그러니까 당시 내가 쓰고 싶었던 책(감히 책을 쓰고 싶었다고 말해도 된다면)이 어떤 종류였는지 분명하다. 말하자면 나는 거대한 자연주의적 소설, 결말이 불행하고 미세한 묘사와 인상적인 직유로 가득 찬, 말이 소리 자체를 위해 사용되기도 하는 화려한 문장투성이의 자연주의적 소설을 쓰고 싶었다. 사실 나의 첫 장편 『버마 시절』(서른 살 때 쓴 것이지

만 구상은 훨씬 이전부터 되어 있었다.)은 다소 그런 종류의 작품
이랄 수 있다.

　이 모든 배경 정보를 내가 여기 털어놓는 까닭은, 내 생각
에 우리는 한 작가의 초기 발전 과정을 어느 정도 알지 못하
고서는 후일 그를 지배하는 이런저런 동기들을 알 수 없다. 그
의 문학적 제재들은 그가 어떤 시대에 살았느냐로 결정된다.
적어도 우리 시대처럼 소란스럽고 혁명적인 시대의 경우 이것
은 진실이다. 그러나 실제로 뭔가를 쓰기 시작하기 전에 이미
그는 자기 특유의 정서적 태도를 획득하고 그렇게 획득한 태
도로부터 아주 완전히는 벗어나지 못한다. 자신의 기질을 길
들이고 어떤 미숙한 단계나 괴팍한 기분에 매여 있지 않도록
자기를 훈련하는 것은 말할 것도 없이 작가가 할 일이다. 그러
나 그가 자신의 초기 영향들로부터 아주 벗어나는 것은 글을
써야겠다는 충동 자체를 죽이는 일이다. 먹고살아야 한다는
요구를 제외한다면, 나는 작가들이 글을 쓰게 되는 데는 (산
문 작가의 경우) 네 가지 큰 동기들이 있다고 생각한다. 이 동기
들은 작가에 따라 각각의 정도가 다르고, 동일 작가의 경우에
도 그가 사는 시대의 분위기에 따라 각 동기의 비중이 달라지
기도 한다. 네 가지 동기란 이런 것이다.

　첫째, 순전한 이기심. 남들보다 똑똑해 보이고 사람들의 입
에 오르내리며 죽은 후에도 기억되고 어린 시절 자기를 무시
했던 어른들에게 보복하고 싶은 욕망. 이게 작가의 동기, 그것
도 강한 동기가 아니라고 말한다면 그건 거짓말이다. 작가는
이 특징적 동기를 과학자, 예술가, 정치가, 법률가, 군인, 성공

한 사업가, 말하자면 인류의 꼭대기 부위를 차지하고 있는 사람들과 공유한다. 인류의 대다수는 그리 격렬할 정도로 이기적이지는 않다. 대개 나이 서른쯤을 넘기면 사람들은 개인적 야심을 버리고 대체로 남을 위해 살거나 일상적 일에 짓눌려 살아간다. 그러나 동시에 세상에는 소수의 재능 있는 인간들, 끝까지 자기 자신의 삶을 살아 보려는 고집 센 인간들이 있고 작가는 이 부류에 속한다. 진지한 작가들은 대체로 언론인들보다 더한 허영과 자기 중심주의를 가진다. 돈에 대한 관심은 덜할지 모르지만.

둘째, 미학적 열정. 외부 세계의 아름다움 혹은 말의 아름다움과 말의 적절한 배열이 지니는 아름다움을 지각하기. 하나의 소리가 다른 소리에 주는 영향을 인지하는 즐거움, 좋은 산문의 단단함을 알아보고 좋은 이야기의 리듬을 인지하는 즐거움. 가치 있다고 느껴지고 그래서 놓칠 수 없다고 생각되는 어떤 경험을 공유해 보려는 욕망. 이런 미학적 동기는 산문 작가들의 경우에는 대체로 미약한 편이지만 팸플릿 저자나 교과서 집필자까지도 자신이 특히 좋아하는 어휘와 문구들이 있고, 이것들은 공리적 이유를 떠나 그를 매혹한다. 어떤 활자체를 쓰고 책의 여백은 어떤 크기로 할까 등의 고려도 그런 것이다. 철도 안내서의 수준을 넘는 책이라면 어떤 책도 이같은 미학적 관심을 아주 벗어날 수 없다.

셋째, 역사적 충동. 사물과 사건을 있는 그대로 보고 진실한 사실들을 발견하며 후대를 위해 이것들을 모아 두려는 욕망.

넷째, 정치적 목적.('정치적'이란 용어는 이 경우 가능한 한 넓은 의미이다.) 세계를 특정 방향으로 밀고 가려는 욕망, 어떤 사회를 성취하고자 할 것인가 하는 문제를 놓고 다른 사람들의 생각을 바꿔 보려는 욕망. 어떤 책도 정치적 편견으로부터 아주 자유롭지 않다. 예술은 정치와 무관해야 한다는 견해 자체도 하나의 정치적 태도다.

이 여러 가지 충동들이 어떻게 서로 싸우고, 사람과 시대에 따라 각각의 충동이 갖는 무게가 어떻게 달라지는지 우리는 안다. 성질상 나는(여기서 '성질'이라 함은 처음 어른이 되었을 때 우리가 도달해 있는 상태를 말한다.) 위에 열거한 네 가지 동기들 가운데 앞의 세 가지 동기가 네 번째 것을 족히 압도했을 만한 사람이다. 평화 시대였다면 나는 틀림없이 화려한 책 혹은 단순한 묘사 위주의 책을 썼을 테고 나의 정치적 충성이 어느 쪽에 있는지도 모르는 채 살았을 것이다. 어찌어찌해서 나는 결국 일종의 팸플릿 저자가 되지 않을 수 없었다. 나는 잘 맞지 않는 직업(인도와 버마에서의 대영 제국 경찰)으로 첫 오 년을 보냈고 가난을 경험했으며 실패를 맛보았다. 이런 경험 덕분에 나는 권위에 대해 안 그래도 이미 갖고 있던 증오를 한층 더 키웠고 노동자 계급의 존재를 처음으로 충분히 알게 되었다. 또 버마에서의 내 직업은 제국주의의 특성도 웬만큼 알 수 있게 했다. 그러나 이 경험들은 내게 정확한 정치적 정향을 주는 데는 충분하지 않았다. 그러자 히틀러가 등장하고 스페인 내전 등이 발생했다. 1935년 말까지도 나는 어떤 확고한 결정에 도달하지 못했다. 그 무렵 나의 고민을 표현한 짧은 시 한 편을 쓴 기억이 난다.

행복한 목사가 되었으리라
200년 전이었다면,
영원한 운명에 대해 설교하고
호두나무 자라는 것이나 지켜보는.

하지만 사악한 시대에 태어나
나는 잃었네, 그 행복한 천당을.
내 코 밑에는 털이 자라는데
목사들은 깨끗이 면도한다.

나중에 시절이 좋았던 한때
우리는 아무 일에나 즐거웠고
우리의 심란한 생각들을 흔들어 잠재웠다,
나무들의 가슴 위에.

아무것도 모르는 채 우리는 가지려 했지
지금 우리가 숨기는 그 기쁨들을.
그리고 믿었지, 사과나무 가지의 방울새가
내 적들을 떨게 하리라고.

그러나 처녀들의 배, 살구들,
웅달 시냇물의 물고기들,
말[馬]들 그리고 새벽에 날아오르는 오리 떼,
이 모든 것은 꿈이다.

꿈을 다시 꾸는 일은 금지되었다.
우리는 기쁨을 흉내 내거나 감춘다.
말들은 크롬 강철로 만들어지고
작고 살찐 자들이 그 말들을 본다.

나는 꿈틀거리지 않는 벌레,
하렘 없는 환관.
사제와 인민 위원 사이에서
나는 유진 아람처럼 걷는다.[2]

라디오가 울리는 동안
인민 위원은 내 미래의 점괘를 봐 준다.
그러나 사제는 내게 오스틴 세븐 차(車) 한 대를 약속했다.
출판 일은 언제나 수지맞으니까.

나는 차가운 대리석 홀에 사는 꿈을 꾸었다.
깨어 보니 그것은 진실,
나는 이런 시대에 살려고 태어난 것이 아니다.
스미스는? 존스는? 그대는?

----

2) 유진 아람은 살인죄로 처형된 18세기의 문헌학자이며, 이 두 행은 유진
아람에 대한 토머스 후드의 시 「유진 아람의 꿈」의 마지막 두 행(유진 아람
이 자신을 잡으러 온 두 남자 사이에서 수갑을 차고 걷는다는 내용)을 차용
한 것이다.

스페인 전쟁과 1936~1937년의 기타 사건들은 정세를 결정적으로 바꾸었고 그 이후 나는 내가 어디에 서 있는지 알게 되었다. 1936년 이후 내가 진지하게 쓴 작품들은 한 줄 한 줄이 모두 직접적으로나 간접적으로 전체주의에 '반대'하고 내가 아는 민주적 사회주의를 '위한' 것이었다. 우리 시대처럼 소란한 세월을 살면서 이런 문제들을 회피할 수 있다고 생각한다면 그건 난센스다. 이 시대의 작가는 누구나 이런저런 형태로 그 문제들을 다룬다. 그것은 어느 쪽에 설 것인가, 어떤 방법을 따를 것인가의 문제다. 자신의 정치적 편견을 더 많이 의식하는 사람일수록 자기가 가진 미학적, 지적 성실성을 희생하지 않으면서 정치적으로 행동할 기회도 더 많이 갖는다.

지난 십 년을 통틀어 내가 가장 하고 싶었던 것은 정치적 글쓰기가 예술이 되게 하는 일이었다. 나의 출발점은 언제나 당파 의식, 곧 불의(不義)에 대한 의식이다. 책을 쓰기 위해 자리에 앉을 때 나는 나 자신에게 "자, 지금부터 나는 예술 작품을 만들어 낼 거야."라고 말하지 않는다. 책을 쓰는 것은 내가 폭로하고 싶은 어떤 거짓말이 있기 때문이고, 사람들로 하여금 주목하게 하고 싶은 어떤 진실이 있기 때문이다. 그래서 나의 일차적 관심은 사람들로 하여금 내 말에 귀 기울이게 하자는 것이다. 그러나 글을 쓴다는 것이 동시에 미학적 경험이 아니라면 나는 책을 쓰지 못하고 잡지에 실릴 글조차 쓸 수 없다. 누구든 내 작품들을 검토하는 사람이 있다면 그는 내가 쓴 것들 중에 전적으로 선전적인 책조차 본격적인 정치인의 눈에는 어울리지 않는 요소들이 있다는 것을 알 것이다. 나는 내가 어려서 획득한 세계관을 완전히 버릴 수 없고 버리고 싶지도 않다. 내가 살아 활동할 수 있는 날까지 나는 계속 산문 형식에 강한 집착을 가질 것이고 지구의 표면을 계속 사랑할 것이며 단단한 것들과 쓸모없어 뵈는 정보에도 즐거움을 느낄 것이다. 나의 이런 면을 억누르는 것은 소용없는 짓이다. 문제는 내게 깊이 뿌리 내린 개인적 호오(好惡)들과 이 시대가 우리 모두에게 요구하는, 근본적으로 공적이고 비개인적인 활동들을 어떻게 화해시키느냐다.

쉬운 일이 아니다. 그것은 작품 구성의 문제와 언어의 문제를 제기하며 진실성의 문제도 새로운 각도에서 제기한다. 그런 어려움들 가운데 노골적인 예 하나만 여기 적어 보겠다. 스페인 내전에 관한 나의 책 『카탈로니아 찬가』는 물론 솔직히 정치적인 소설이다. 그러나 그 소설 역시 어떤 일정한 거리를 유지하고 형식을 존중하면서 쓴 것이다. 나는 그 작품에서 나 자신의 문학적 본능들을 위반하지 않으면서 모든 진실을 이야기해 보려고 무척 노력했다. 그러나 우선 그 작품에는 신문 기사 등을 인용한 긴 장이 하나 있는데 그 장은 프랑코와 공모했다는 비난을 받은 트로츠키파를 변호하기 위해 쓴 것이다. 일이 년 시간이 지나면 보통의 독자들로선 흥미를 느끼지 못할 이런 장이 끼어 있다는 점이 소설을 망칠 것은 분명했다. 내가 존경하는 비평가 한 사람은 그 장을 놓고 "왜 그런 장을 거기 넣었는가? 좋은 소설이 될 수도 있었는데 그것 때문에 저널리즘이 되지 않았는가?"라고 훈계했다. 그 말은 옳았지만, 나로선 그렇게 하는 수밖에 달리 도리가 없었다. 나는 당시 영국에서는 아는 사람이 별로 없었던 한 가지 사실, 무고한 사람들이 엉뚱하게 비난받고 있다는 사실을 알았기 때문이다. 이 사실에 내가 분노하지 않았다면 나는 아예 그 책을 쓰지 않았을 것이다.

이런 문제는 여러 형태로 계속 대두된다. 언어의 문제는 훨씬 더 미묘해서 그걸 논하자면 얘기가 너무 길어질 것이다. 단지 나는 근년 들어 아름답게 쓰기보다는 더 정확하게 쓰려고 노력한다는 말만 해 두고자 한다. 글쓰기의 형식 하나를 잘 다듬어 터득하고 나면 이미 그 순간 우리는 그 형식을 넘어선다. 『동물농장』은 내가 정치적 목적과 예술적 목적을 하나로 융합해 보고자 한, 그래서 내가 뭘 하는지 충분히 의식하면서 쓴 첫 소설이었다. 지금 칠 년째 나는 소설에 손대지 않고 있으나 곧 한 편 쓸까 한다. 물론 실패작일 것이고 모든 책은 실패작이지만 내가 쓰려는 책이 어떤 종류인지 나는 분명히 안다. 지금 이 글의 마지막 한두 쪽을 다시 읽어 보니 마치 나의 글쓰기 동기가 전적으로 공공심에 있는 듯한 인상을 풍긴다. 나는 그것을 이 글의 최종적 인상으로 남기고 싶지 않다. 모든 작가는 허영심이 강하고 이기적이며 게으르다. 그리고 그들이 지닌 동기의 밑바닥에는 어떤 미스터리가 놓여 있다. 책을 쓴다는 것은 마치 길고 고통스러운 투병 과정처럼 끔찍하고 피곤한 작업이다. 저항할 수도 이해할 수도 없는 어떤 마귀에 씌지 않고서는 아무도 그 피곤한 작업을 하겠다고 나서지 않을 것이다. 어쩌면 그 마귀는 어린 아기가 시선을 끌기 위해 소리를 내지를 때의 본능과 같은 것일지 모른다. 하지만 자기 자신의 개성을 끊임없이 지워 없애려 노력하지 않고서는 읽을 만한 책을 쓸 수 없다는 것 또한 진실이다. 좋은 산문은 창유리와 같다. 내 경우 어떤 동기가 가장 강하게 작용했는지 확실히 말할 순 없지만, 그 여러 동기들 가운데 어느 것이 따를 만한 가치가 있는지 나는 안다. 내가 쓴 책들을 돌아보니 '정치적' 목적이 결여되었을 때일수록 나는 어김없이 생명력 없는 책들을 썼고 분홍색의 화려한 단락과 의미 없는 문장과 수식하는 형용사들 속으로 속아 넘어갔으며, 그래서 대체로 허튼 소리들을 했다는 사실을 알겠다.

(1947년)

『동물농장』의 세계

1

   오웰의 『동물농장』이 영국에서 출판된 것은 일본의 항복으로 2차 세계 대전이 사실상 끝나고 한반도가 해방된 1945년 8월 15일로부터 이틀이 지난 8월 17일이다. 전쟁이 끝났다고는 하지만 여전히 전시나 다름없었던 그 무렵, 책은 나오기가 무섭게 초판 4500부가 매진되고 중판에 중판을 거듭한 끝에 본격 문학으로는 극히 드물게도 영국과 미국 두 나라에서 베스트셀러가 되었다. 초판 출간 이후 오십 년의 세월이 지나는 동안 이 자그마한 풍자 우화에 대한 독자의 수요는 줄지 않아 최근까지 이 작품의 세계적 판매량은 1000만 부를 훨씬 넘어섰다고 알려져 있다.

   그러나 이 성공담의 배후에는 세계 문학의 뒷마당에 기억될 만한 흥미로운 에피소드들이 몇 개 남아 있다. 오웰이 작품 말미에 써넣은 날짜를 보면 그는 1943년 11월 이 작품을 쓰기 시작해서 석 달 만인 이듬해 2월 탈고했다. 『동물농장』은 탈고한 지 일 년 반이 지나서야 '간신히' 출판된 것이다. 출판이 늦어진 것은 작가가 작품을 끝내 놓고도 계속 손질하느라 시간을 보냈기 때문도 아니고 빠른 출판을 꺼렸기 때문도 아니다. 그는 오히려 탈고와 함께 책을 내고 싶어 했지만, 그가 접촉한 영미 양쪽의 출판사들이 모두 퇴짜를 놓은 것이다. 절망한 오웰은 친구에게 돈 200파운드를 꾸어 자비 출판까지 궁리해 보기에 이른다. 그를 구해 준 것은 그의 전작 『카탈로니아 찬가』(이 작품은 세계 르포 문학의 한 정상을 이룬다.)를 내 준 세커 앤드 워버그 출판사이다. "우리가 그때 오웰을 구하지 않았다면 20세기 중반의 영국 문학은 전혀 다른 얼굴을 가지게 되었을 것"이라는 것이 이 출판사 대표 프레드릭 워버그의 회고이다. 전시 물자(종이) 부족으로 당초 예정보다 또 서너 달 지연되는 등의 우여곡절을 겪은 끝에 『동물농장』은 전쟁 종식 순간에 맞추어 마침내 세상에 나올 수 있었다. 세커 앤드 워버그사는 이때의 인연으로 오웰의 마지막 걸작 『1984』의 출판권도 얻는다.

　출판사들이 『동물농장』의 출판을 꺼린 것은 오웰이 「자유와 행복」(이 번역본에 첨가 수록)이라는 글에서 "사상 통제 시대"라는 말로 지칭한 정치적 검열과 단견, 모종의 지적 우둔성 등이 개입했기 때문이다. 풍자 문학으로만 읽었을 때 『동물농장』의 화살은 소련, 더 정확히는 스탈린 시대의 소비에트라는 과녁을 향해 있는 것이 사실이다. 그런데 2차 세계 대전 기간 동안 소련은 서방 연합국들에게는 사실상의 동맹이었기 때문에 소비에트 체제에 대한 통렬한 캐리커처가 출판된다는 것은 당시의 영국 정치 사회로서는 소련과의 협력 관계에 상당한 불편을 초래할 가능성이 있는 일종의 정치적 위험이자 모험일 수 있었다. 출판사들이 이런 정치 상황의 압력을 받았거나 적어도 그런 상황을 고려했다는 것은 그들이 오웰에게 보낸 출판 거절 사유에서 잘 드러난다. 오웰이 처음 접촉한 골란츠 출판사는 『동물농장』이 소련에 대한 강도 높은 비판과 공격을 담고 있어 출판할 수 없다는 입장을 밝혔다고 알려져 있고, 조너선 케이프사는 책을 내기로 결정했다가 영국 정보부 고위 관리의 전화를 받은 다음 결정을 번복한다. 페이버 앤드 페이버 출판사를 운영하던 시인 엘리엇도 오웰의 원고를 받아 보고는 무언가 구실을 찾아 출판을 거절한다. 미국의 한 출판사는 거절 의사를 보내면서 "미국에서는 동물 이야기가 팔리지 않는다."라는 이유를 대는데, 이 거절의 배경에도 어떤 정치적 고려가 작용했을 가능성을 배제하기 어렵다.

풍자(satire)는 무엇보다 당대성의 서사 장르이다. 풍자가 물어뜯고 비꼬고 우스갯감으로 만드는 것은 그 풍자가 생산되어 나온 당대 사회의 실존 인물, 사회 환경과 제도, 이데올로기, 사건, 편견 같은 것들이다. 당대의 것들에 대한 비판, 공격, 희화화가 아니라면 풍자는 사실상 무의미하다. 풍자는 동시에 약자(弱者)의 서사이다. 이 약자는 권력보다는 진실의 편에 서고자 하기 때문에 궁지로 몰리는 약자이다. 약자의 이야기이므로 풍자가 두들기는 대상은 권력을 쥔 부당한 강자, 지배 세력과 이데올로기, 지배적 제도와 관행이다.(영국 소설의 시조이자 풍자의 대가였던 대니얼 디포는 영국 교회와 왕당파의 핍박에 평생 시달린, 그래서 그 강자들을 향해 신랄한 풍자의 붓칼을 휘둘러야 했던 가난뱅이 청교도였고『걸리버 여행기』로 영국 사회를 도마에 올린 조너선 스위프트는 아일랜드 출신이다.) 이런 장르적 특성 때문에 풍자 서사는 이야기 속의 상징물들과 현실의 실존물들 사이에 거의 언제나 일대일의 연결이 가능한 재현 방식을 채택하고, 독자는 그 현실적 연결 관계를 쉽사리 파악할 수 있다. 그 연결이 어렵거나 불가능할 때 시대 풍자의 효력은 결정적으로 삭감된다. 그러므로 풍자의 유효한 독자는 풍자의 사회적 문맥(무엇이 풍자되고 있는가?)에 익숙한 당대 독자이며, 이 사실 역시 풍자 서사의 시대 의존성을 잘 말해 준다.

일단 역사적 정치 풍자라는 관점에서 볼 때『동물농장』은 1917년 볼셰비키 혁명 이후 스탈린 시대에 이르기까지 소련에서의 정치 상황을 대상으로 한다. 니콜라이 2세의 차르 정권을 뒤엎고 권력을 장악한 볼셰비키 혁명은 이른바 역사상 최초의 '사회주의' 혁명이다. 볼셰비키는 착취 계급의 제거를 통한 평등의 실현, 프롤레타리아트에 의한 지배, 생산 수단의 공유화, 상속제 폐지, 중앙 기획 경제 등 사회 조직과 운영의 모든 층위에서 서유럽 국가들의 제도와는 근본적으로 다른 새로운 사회 건설을 목표로 내걸고 출발했는데, 그런 사회주의 사회가 과연 지구상에, 구체적으로 러시아 땅에 성공적으로 실현될 수 있을까의 문제는 20세기 전반의 유럽인들에게 초미의 관심사가 아닐 수 없었다. 이 유럽인들이 오웰의 독자, 곧 『동물농장』의 일차적 독자이며, 그들이 갖고 있던 관심과 그들이 이미 친숙하게 알고 있던 시대 상황이 『동물농장』의 당대적 문맥이다. 그러므로 『동물농장』이 나왔을 당시의 독자들에게는 '인간'에게 착취당하던 '동물'들이 인간을 내쫓고 '동물농장'을 세운다는 이 이야기에서 인간이 누구이고 동물이 누구인지, 동물들 중에서도 동물 공화국을 지배하는 똑똑한 돼지들이 누구를 가리킨 것인지, 독재자 나폴레옹은 누구이며 그와 경쟁하다 쫓겨나는 스노볼은 또 누구인지 등등을 판별하는 일이 전혀 어렵지 않았다.

그러나 이미 소비에트가 소멸하고 없는 20세기 말 이후의 독자들, 특히 스탈린 시대의 정치 현실을 경험이 아니라 역사 기록과 증언 들을 통해서만 접할 수 있는 현대 독자들에게는 『동물농장』의 풍자 문맥이 반드시 그리 자명하지 않다. 그런 독자들의 이해를 돕기 위해 편의상 『동물농장』의 이야기 세계와 그것의 시대적 문맥이 된 현실 세계의 연결 관계를 일대일로 표시하면 이러하다.

존스	러시아 황제 니콜라이 2세
메이저	마르크스
나폴레옹	스탈린
스노볼	트로츠키
돼지들	볼셰비키
복서	프롤레타리아트

동물 반란	러시아 혁명
모지스	러시아 정교
몰리	러시아 백인, 백군
스퀄러	《프라우다》
개들	비밀경찰
양들	선전대
미니무스	마야코프스키
필킹턴	영국
프레더릭	독일
농장 본채	크렘린
동물 재판	모스크바 재판
동물 학살	스탈린 시대의 대숙청
외양간 전투	1918~1919년의 연합군 침공
풍차 전투	1941년 독일의 러시아 침공
풍차	소비에트의 5개년 계획들
「영국의 짐승들」	「인터내셔널」

　그런데 『동물농장』이 특정 시대에 얽매이는 역사적 풍자이기만 할까? 이 지점에서 현대 독자는 『동물농장』이 시대적 배경 문맥에 묶인 이야기로만 끝나지 않고 그 함의의 폭이 훨씬 넓은 우화(fable)이기도 하다는 사실에 주목하고, 따라서 우화 장르에 합당한 읽기의 방법과 수용 태도를 채택할 필요가 있다. 시대적 사회 풍자의 경우와 달리 우화는 당대의 현실 문맥에 반드시 매이지 않아도 되는 서사 형식이다. 이솝 우화가

2600년 전의 산물이라 해서 지금 그 효력을 잃어버린 것은 아니다. 생산의 시간과 공간을 벗어나 다른 시공간으로 이동하면서도 효력을 상실하지 않는 것이 우화이다. 이 흥미로운 이동성은 우화라는 이야기 형식이 다른 어떤 서사 장르보다도 더 많이, 강하게, 효과적으로 알레고리(allegory)라는 수사 장치를 활용할 수 있다는 데서 크게 연유한다. 과거에는 알레고리 역시 재현과 재현 대상 사이에 일대일의 대응 관계를 설정하는 협소한 도구라 여겨졌으나 현대에 와서 알레고리는 오히려 그런 직접적 지시 관계를 넘어 의미와 해석의 다른 가능성들을 크게 확장하고 열어 놓는 수사 장치로 인식된다. 이 의미의 알레고리는 어떤 것을 말하되 다 말하지 않는 여백의 전략, 언제나 다른 의미와 해석의 여지를 열어 놓는 비소진(非消盡)의 수사법이다.

우화로 읽었을 때의 『동물농장』은 특정한 풍자 문맥과 연결된 『동물농장』과는 다른 의미론적 확장을 가능하게 한다. 우화로서의 『동물농장』은 소비에트 체제라는, 한 시대의 권력 형식만을 재현 대상으로 하는 역사적 정치 풍자의 수준을 넘어 '독재 일반'에 대한 우의적(寓意的) 정치 풍자로 넓어지는 것이다. 이 경우 이를테면 나폴레옹은 반드시 스탈린을, 돼지들은 반드시 볼셰비키를 지시하는 것으로 파악될 필요가 없다. 부패한 독재자는 어느 시대에나 있을 수 있고 권력형 돼지들도 어느 시대에나 있다. 그러므로 나폴레옹은 모든 시대에 있을 수 있는 독재자의 알레고리이고 돼지들은 어느 시대에나 있을 수 있는 교활한 정예주의 권력 집단의 알레고리이다.(『동물농장』의 첫 프랑스어 판 번역자들은 '나폴레옹'의 프랑스 기원에 신경을 쓴 나머지 이 지도자 돼지의 이름을 '세자르(카이사르)'로 바꾸어 넣었는데, 이는 분명 우둔한 짓이면서 다른 한 측면에서는 용납될 만한 구석을 갖고 있다.) 복서나 클로버 같은 우직하고 성실한 동물들도 반드시 프롤레타리아트로 제한되지 않고 광의의 피착취 대중을 포괄하는 알레고리로 읽힐 수 있다. 소비에트 체제의 역사적 실체가 소멸하고 없는 지금 이 시대에도, 그리고 앞으로도 여전히 『동물농장』이 강한 적절성과 호소력을 가질 수 있는 이유는 그것이 인간 정치 사회의 권력 현실을 부패시키는 근본적 위험과 모순에 대한 항구한 알레고리라는 데 있다. 오웰이 그린 동물농장은 지금의 세계에도 있고 미래 세계에도 있을 것이다.

우리가 『동물농장』의 풍자 문맥과 우의성을 이처럼 구분해 보는 것은 이 작품의 효과적 수용을 위한 한 가지 방법적 안내에 불과하다. 우리는 이 구분으로부터 『동물농장』을 풍자로 읽어서는 안 된다는 주장을 끌어낼 필요가 없고, 그래서 이 작품을 반드시 초문맥적 우화로만 읽어야 한다는 식의 경직된 결론에 도달해서도 안 된다. 『동물농장』은 풍자와 우화라는 두 서사 형식을 결합한, 문자 그대로 '풍자 우화'이기 때문에 두 형식 사이에 어떤 우열 관계가 설정될 필요는 없다. 우화로서의 『동물농장』은 풍자 형식에 의존하고 풍자로서의 『동물농장』은 우화 형식에 의존한다. 우리의 구분은 이 작품이 특정한 역사적 풍자 문맥을 갖고 있으면서도 그 배경을 넘어 어떻게 더 넓은 의미의 우의적 풍자가 될 수 있는지 해명해 보고자 한 것이다. 오웰 자신도 출판 에이전트에게 보낸 편지에서 "이 책은 독재 일반에 대한 풍자(a satire on dictatorship in general)"로 의도된 것이라 말한 적이 있다. 한 문장 안에 독재 일반이라는 말과 풍자라는 말을 결합한 이 언급은 풍자 우화 또는 우화적 풍자로서의 『동물농장』의 성격을 잘 요약해 준다. 그러나 우화로서의 『동물농장』을 읽는 데는 소비에트 체제를 꼭 절대적 준거로 삼을 필요가 없다 할지라도 이 작품은 여전히 '배반된 혁명' 또는 '타락한 독재 권력'에 대한 풍자이며, 우의적 풍자인 동시에 그 공격의 시대적 과녁(스탈린의 소비에트)이 분명한 역사적 풍자이다. 작가는 정치 풍자를 우화 형식에 얹음으로써 소비에트 비판과 독재 일반의 비판이라는 양날의 작업을 한꺼번에 수행하는 데 가장 적절한 수단을 얻은 것이다.

2

길지 않은 생애였지만, 철들고부터 죽는 순간까지 스스로 사회주의자임을 자처한 오웰이 어째서 소비에트 체제에 그토록 신랄한 비판을 제기했을까? 이 문제는 오웰의 삶과 문학에 상당한 오해를 불러일으킨 대목일 뿐 아니라 현대 독자에게도 오해 내지 혼란을 유발할 가능성이 있다. 『동물농장』이 나오고 얼마 후 오웰은 영국의 한 보수 단체로부터 강연 초청을 받는데, 오웰은 이 초청을 거절하면서 이런 답신을 보낸다. "유럽의 민주주의를 옹호한다고 주장하면서 정작 영국 제국주의에 대해서는 한마디 말도 하지 않는 단체의 초청에 저로서는 응할 수 없습니다." 오웰은 답신 끝부분에 또 이렇게 쓴다. "저는 러시아 전체주의를 증오하고 그것이 영국에 끼치는 악영향을 증오하지만, 저는 좌파 소속이며 따라서 좌파 안에서 일해야 합니다." 오웰의 문학과 정치적 신념에 밝지 못했던 문제의 보수 단체는 오웰을 사회주의 비판자로 잘못 알고 강연을 요청했던 것이다. 오웰은 『동물농장』의 단계에 와서 사회주의를 완전히 방기했다는 소리까지도 듣는다. 물론 이것은 진실이 아니다.

오웰을 잘 이해하던 당대 일급의 평론가 드와이트 맥도널드의 경우에도 『동물농장』에 대한, 꼭 오해랄 수는 없을지 몰라도 모종의 '어리둥절함'은 드러낸다. 오웰은 서둘러 자기 해명을 시도한다. 그는 『동물농장』이 러시아 혁명에 대한 풍자로 쓰인 것은 사실이지만 이 풍자가 "더 광범한 적용 범위를 갖게 하자는 것"도 자기 의도였다고 말한다. 이 해명에서 오웰은 권력 자체만을 목표로 하는 혁명은 주인만 바꿀 뿐 본질적 사회 변화를 가져오지는 못한다는 것, 대중이 살아 깨어 있으면서 지도자들을 감시, 비판하고 질타할 수 있을 때에만 혁명은 성공한다는 것 등이 그가 『동물농장』에 신고자 한 메시지라 말한다. 『동물농장』의 앞부분 내용 중에 돼지들이 우유와 사과를 돼지들만의 몫으로 빼돌리는 장면이 나오는데, 오웰은 바로 이 대목이 혁명의 부패가 시작되는 전환점이라는 말도 한다. 이는 동물들이 그 대목에서 돼지들을 차단할 수 있었다면 동물농장의 운명은 달라졌을 것이라는 의미이기도 하다.

여기서 오웰이 『동물농장』에서 수행코자 한 작업의 성질이 한결 분명해진다. 그가 평생 고수한 명분과 신념, 그의 작품들과 수많은 에세이들을 참고할 때 오웰을 괴롭힌 것은 사회주의 혁명 자체가 아니라 그 혁명의 배반이라는 문제이다. 그가 본 러시아 혁명은 성공한 혁명이 아니다. 그것은 실패한 혁명, 사회주의 혁명의 이름으로 사회주의를 배반한 혁명, 권력 놀음으로 끝난 부패한 혁명이다. 실제로 '배반당한 혁명' 또는 '혁명의 배반'이라는 주제는 오웰이 스페인 내전에 나갔다 돌아와 『카탈로니아 찬가』(1938년)를 쓴 직후부터 매달리기 시작한 화두이다. 공화파를 지원하기 위해 스페인으로 달려갔다가 부상당한 오웰은(그는 평생 병고와 가난에 시달리는 약골이었으면서도 싸움터를 곧잘 쫓아다닌 행동파였다.) 프랑코군에 의한 도살을 간신히 모면하고 프랑스로 도망쳐 목숨을 건지는데, 그때 스페인에서 그가 직접 보고 경험한 것이 사회주의 러시아에 의한 사회주의의 배반이라는 감출 수 없는 진실이었다. 「나는 왜 쓰는가」(이 번역본에 수록)라는 글에서 오웰은 스페인에서의 이 진실을 덮어 둘 수 없어 『카탈로니아 찬가』를 쓰게 되었다고 말한다. 좀 더 직접적으로 말하면 스페인에서의 경험이 그에게 준 것은 사회주의의 부패에 대한 분노이며 이 분노는 그가 『동물농장』과 『1984』를 쓰는 사실상의 동기를 제공한다.

오웰의 작업 동기와 목표는 그가 『동물농장』 우크라이나어 판을 위해 쓴 서문의 한 대목에서 가장 잘 요약된다. "지난

십 년 동안(스페인 전쟁에서 소련의 대숙청 시기까지) 나는 사회주의 운동의 재건을 위해서는 '소비에트 신화'를 파괴하는 일이 근본적으로 필요하다고 확신하게 되었다." 사회주의를 위해 소비에트의 신화를 깨는 일이 필요하다는 것은 강력한 역설적 진술이다. 이 진술을 보면 오웰은 소비에트라는 형태의 사회주의를 사회주의로 인정하지 않았을 뿐 아니라 오히려 사회주의를 온 동네 우스갯감으로 만드는 일종의 희화로 규정하고 있었음이 분명하고, 이 잘못된 사회주의를 애써 은폐하기보다는 비판하는 것이 진실의 편에 서려는 작가로서의 자기 임무라 여겼음이 확실하다. 이 점에서 오웰이 구현한 것은 사회주의의 양심이다. 그는 무비판적 맹목적 사회주의자가 아니라 비판적 사회주의자였고, 그의 비판적 양심은 그가 진실이라 생각한 것을 지키기 위해서는 그 대상이 제국주의이건 사회주의이건 그 무엇이건 간에 언제나 화살을 날릴 준비가 되어 있었다.

소련이 사라진 지금의 시점에서 되돌아보면 오웰의 소비에트 체제 비판은 역사로부터 대체로 정당성을 인정받을 만한 것이라 말할 수 있다.『동물농장』이 나온 당시 좌파 일각에서는 오웰을 참을성 없는 인물로 보는 시각이 없지 않았다. 러시아 사회주의는 완성된 것이 아니라 힘들게 만들어져 가는 과정의 것이 아닌가? 러시아 사회주의는 아직도 투쟁의 단계에 있는데 오웰은 그런 러시아를 향해 성급하게 낙원을 요구하고 있지 않은가? 오웰은 스탈린 독재라는 사례에만 근거하여 소비에트 체제의 미래를 전면 부정하고, 그럼으로써 사회주의

자체의 미래에 대해서도 결국은 부정적 종결 부호를 미리 찍어 놓고 있지 않은가? 그의 작업은 결과적으로 반사회주의 정치 세력을 돕는 것이 아닌가? 이런 지적과 불만들이 오웰을 향해 제기되었다. 이런 종류의 비판들은 대체로 오웰의 의도는 이해하면서 그의 작업 수순은 환영할 수 없었던 서유럽 좌파 지식인들의 오웰에 대한 평가와 시각을 대표한다. 그러나 이미 보았듯 오웰의 논의는 상당히 다른 논리에 입각한다. 러시아 사회주의는 독재와 전체주의로 타락했고, 그 타락을 막지 못한 체제로부터 사회주의는 회생할 수 없다. 이것이 오웰의 논리이다. 오웰에 대한 과거의 비판적 평가들과 오웰의 논리 사이에서 사려 깊은 판단을 행사할 책임은 독자의 몫이다. 지금의 역사 단계에서는 누구도 사회주의의 미래에 대해 어떤 성급한 선언도 할 수 없다는 것이 사실이라 하더라도, 소비에트 체제가 궁극적으로 실패했다는 사실만은 이미 그 체제의 소멸이 증명한다. 오웰은 누구보다도 먼저 그 소멸을 예견했던 것인지 모른다.

물론 『동물농장』이 그 소멸 부분을 서사로 제시하지는 않는다. 그러나 돼지와 인간이 뒤섞여 함께 술 마시고 카드놀이를 하고 다툰다는 작품 결미 부분, 그래서 "누가 돼지고 누가 인간인지, 어느 것이 어느 것인지 이미 분간할 수 없었다."라는 마지막 장면의 묘사와 서술은 이미 사회주의랄 것이 없어진 '소멸 상태'를 보여 준다. 『동물농장』에서의 연대기적 사건 순서로 따지면 동물 재판에서 많은 동물들이 나폴레옹에게 학살되고 온 농장에 피 냄새가 진동하던 날 클로버를 위시한 동물들이 농장 뒤쪽 언덕에 올라가 "일이 이 지경이 되는 꼴을 보고 싶어서 그랬던 것은 아니"라며 슬픔과 회의에 잠기는 대목부터가 동물 공화국 소멸의 시작이다. 소비에트 체제의 타락을 풍자와 우화의 방식으로 작품에 담은 오웰은 1990년까지 기다렸다가 그 체제의 소멸을 본 것이 아니라 1940년대 초에 이미 그 소멸의 발생을 보았던 셈이다.

그러나 현대 독자에게 궁극적으로 중요한 것은 오웰이 소비에트의 소멸을 예견하고 있었는가의 문제보다는 그가 작품 『동물농장』을 통해 제기한 일련의 문제와 주제들이다. 혁명의 배반이라는 큰 테마 안에서 오웰은 우리가 뽑아내거나 재구성할 수 있는 많은 흥미로운 문제들을 생각할 거리로 던진다. 인간의 모든 혁명은 '반드시' 그것의 당초 약속을 배반하게 되는가? 모든 혁명의 성과는 권력에 주린 지배 엘리트 돼지들의 손에 반드시 장악되는가? 권력의 타락은 인간 사회의 불가피한 조건인가? 이런 질문들에 대해서는 누구도 결정론적 해답을 시도할 수 없다. 그러나 지배 권력에 대한 불신이 강했던 오웰은 혁명이라는 것의 운명에 대해서도 다분히 결정론에 가까울 정도의 비관적 관점과 태도를 가졌던 것으로 보인다. 혁명이 반드시 스스로를 배반하게 되어 있다면 어떤 혁명도 이미 가치가 아니며 애당초 시도될 이유도 없다. 역사상 많은 정치적, 사회적 혁명들이 타락하고 이 타락이 인간 사회의 운명적 조건 같아 보이는 상황을 만들어 놓은 것은 사실이지만, 이로부터 "모든 혁명은 반드시 타락한다."라는 결론을 끌어낼 수 있을까? 다행히도 오웰의 비관적 태도는 비관만으로 끝나

작품 해설

지 않고 권력의 타락을 막기 위해 무엇이 필요한가에 대한 통찰도 동반한다. 『동물농장』이 함축하는 메시지 가운데 하나는 동물들의 무지와 무기력함이 권력의 타락을 방조한다는 것이다. 독재와 파시즘은 지배 집단 혼자만의 산물이 아니다. 권력에 맹종하고 아부하는 순간 모든 사회는 이미 파시즘과 전체주의로 돌입한다. 다른 많은 글도 그렇지만, 에세이 「자유와 행복」은 오웰이 자유의 가치에 대한 신념을 토로하고 자유를 향한 인간 능력에 깊은 신뢰를 표명한 글이다.

소설가로서보다는 에세이와 평문, 풍자 등에 너 뛰어난 재능을 발휘한 오웰로서는 에세이 「나는 왜 쓰는가」에서 스스로 말하듯 『동물농장』의 구성, 성과, 문체에 꽤 만족했던 것 같아 보인다. 아닌 게 아니라, 소설을 쓰면서 부단히 화자 또는 작가로서 자기 목소리를 작품에 끊임없이 집어넣고 비판적 판단 개입을 서슴지 않던 오웰이 『동물농장』에서는 이상할 정도의 거리와 초연성을 보이고 뛰어난 유머도 구사한다. 문체는 쉽고 명징하다. 이 작품의 이런 매력들은 그가 자신의 장기인 풍자를 우화 형식에 접목했기 때문에 얻은 성과일 것이다. 그러나 『동물농장』에 소설적 요소가 아주 없는 것은 아니다. 복서, 벤저민, 클로버 같은 동물들의 내면 묘사는 우화 장르로는 이루어 낼 수 없는 소설적 기법들이 사용된 결과이다. 또 그는 우화를 사회 풍자의 목적으로 활용함으로써 영국의 강력한 풍자 문학 전통에 새로운 차원을 연다.

오웰의 본명은 에릭 블레어(Eric Blair)이다. 1903년 식민지 인도의 벵골에서 태어났으나 유년기에 영국으로 돌아와 이

튼 학교를 다녔고, 케임브리지 대학에 진학할 기회가 있었지만 출신 신분에 맞는 직업을 얻기 위해 진학을 포기하고 1922년부터 오 년간 버마에서 대영 제국 경찰로 근무한다. 버마에서의 경찰관 경험을 통해 그는 영국 제국주의의 패덕성에 눈뜨고, 이 '개안'이 작가 조지 오웰을 탄생시키는 계기가 된다. 유럽으로 돌아온 그는 파리와 런던에서 접시닦이, 빈곤 노동자, 거지 등의 밑바닥 인생을 경험하고 잠시 초등학교 교사 생활을 거쳐 영국 노동자들의 삶에 관한 조사 활동에 참여한다. 1933년 첫 소설 『파리와 런던 안팎에서』를, 1935년 『버마 시절』을 출간한다. 1936년 스페인 내전 참가를 전후해서 '민주적 사회주의'를 자신의 신념이자 목표로 선택하고 '전체주의'를 적으로 규정한 뒤 많은 평문, 에세이, 소설을 쓰기 시작한다. 1941년 2차 세계 대전에 나가기 위해 졸병으로 지원했다가 신체 허약으로 거절당하고 대신 영국방송 인도-동남아 방송 요원으로 일한다. 1945년 『동물농장』의 성공으로 재정적 안정을 얻고, 1949년 『1984』를 발표한 데 이어 새로운 작품 구상에 들어가지만, 젊어서부터 앓아 온 폐병이 악화되어 병원을 들락거리다 1950년 병원에서 갑작스러운 각혈 후 47세의 나이로 생애를 마감한다.

1998년 8월
도정일

작가 연보

1903년   6월 25일 인도 벵골에서 출생. 본명은 에릭 아서 블레어(Eric Arther Blair)로 조지 오웰은 필명임. 오웰의 부모는 인도 주재 영국 공관의 공무원이었음.

1922년   영국의 이튼 학교에서 수학한 후 버마에서 인도 제국 경찰로 근무. 이때의 경험을 토대로 쓴 소설이 『버마 시절(Burmese Days)』(1935)임.

1933년   첫 번째 작품 『파리와 런던 안팎에서(Down and Out in Paris and London)』 출판. 이 작품은 버마 시절 이후 오웰 스스로가 택한 가난에 대한 체험을 사실적으로 기술한 것임.

1935년   소설 『목사의 딸(A Clergyman's Daughter)』 출판.

1936년   소설 『그 엽란(葉蘭)을 날게 하라(Keep the Aspidistra Flying)』 출판.

1937년	다큐멘터리 『위건 피어로 가는 길(The Road to Wigan Pier)』 출판. 영국 랭커셔 지방 광부들의 궁핍한 삶을 치밀하고 호소력 있게 묘사.
1938년	다큐멘터리 『카탈로니아 찬가(Homage to Catalonia)』 출판. 이 책은 오웰 자신의 스페인 내전 참전기로서 그가 공화파를 위해 싸우면서 겪은 사회주의의 이중성을 그림.
1939년	소설 『숨 쉬러 올라오기(Coming up for Air)』 출판.
1945년	스탈린주의를 비판하는 현대적인 우화 『동물농장(Animal Farm)』 출판.
1949년	미래의 관료화된 국가에 대한 공포를 형상화한 『1984』 출판.
1950년	런던의 한 병원에서 갑작스러운 각혈 후 사망. 에세이 『정치학과 영국 언어(Politics and English Language)』 출판.
1968년	에세이, 기사, 편지 모음집이 네 권으로 출판됨.

세계문학전집 5

동물농장

1판 1쇄 펴냄   1998년 8월 5일
1판 138쇄 펴냄   2024년 11월 14일

지은이   조지 오웰
옮긴이   도정일
발행인   박근섭, 박상준
펴낸곳   (주)민음사

출판등록   1966. 5. 19. (제 16-490호)
서울특별시 강남구 도산대로1길 62(신사동) 강남출판문화센터 5층 (우편번호 06027)
대표전화 02-515-2000   팩시밀리 02-515-2007
www.minumsa.com

© 도정일, 1998. Printed in Seoul, Korea

ISBN 978-89-374-6005-0 04800
ISBN 978-89-374-6000-5 (세트)

세계문학전집 목록

세계문학전집은 계속 간행됩니다.